纸上的诗词直播课

包君成/主编

包觅子/副主编

人民日报出版社

·北京·

图书在版编目（CIP）数据

纸上的诗词直播课 / 包君成主编. —北京：人民日报
出版社，2024.4
ISBN 978-7-5115-8250-8

Ⅰ.①纸… Ⅱ.①包… Ⅲ.①古典诗歌—诗歌评论—
中国—青少年读物 Ⅳ.①I207.22-49

中国国家版本馆CIP数据核字（2024）第062067号

书　　名：纸上的诗词直播课
　　　　　ZHISHANG DE SHICI ZHIBOKE
主　　编：包君成

出 版 人：刘华新
责任编辑：翟福军　梁雪云
特约编辑：林正良
插　　画：王小茶
封面设计：璞茜设计

出版发行：人民日报出版社
社　　址：北京金台西路2号
邮政编码：100733
发行热线：（010）65369527　65369846　65369509　65369512
邮购热线：（010）65369530
编辑热线：（010）65369517　65369526
网　　址：www.peopledailypress.com
经　　销：新华书店
印　　刷：炫彩（天津）印刷有限责任公司
法律顾问：北京科宇律师事务所010-83632312

开　　本：710mm × 1000mm　1/16
字　　数：230千字
印　　张：16.5
版次印次：2024年4月第1版　2024年4月第1次印刷

书　　号：ISBN 978-7-5115-8250-8
定　　价：78.00元

亲爱的同学们，我想大家对诗词的魅力或多或少会有些体会，但对诗词的学习却总是一头雾水。诗词真的只能靠死记硬背吗？学习诗词时到底该学些什么？一首诗词该怎样解读才能更好地吸收？相信这些问题也曾困扰过你吧！尤其对中小学生来讲，课内诗词学习任务繁重，如何从浩如烟海的课外诗词中选取辅助篇目，其实是一个很令人头疼的问题。

为此，包子老师的团队策划了这样一本诗词书，选择了中小学生能力范围内的三十首古诗词进行解读，作者都是考试大纲中的座上客。我们把这些诗词与语文教材中出现的篇目相映照、补充，既帮同学们巩固课内相关内容，又进行知识拓展，从而增加同学们的诗词储备，使其从容应对考试中关涉诗词的难题。学好诗词，也契合了教育部制定的《义务教育语文课程标准》中关于弘扬中华文化的理念，有助于同学们提升对中国古代语言的感知力、理解力，感受中华文化的丰厚博大，建立文化自信。

对于三十首诗词的相关呈现，我们采用趣味课堂的形式，请来诗词作者化身"一日客座教授"，把诗词里的知识一一进行解读，更请来作者的友人、同僚等，搭建幽默、犀利、温馨的朋友圈，把当时的人、事、作品相串联，建立起清晰的人物关系网，使同学们更立体地感知那个时代璀璨的文化。三十首诗词按四季时序排篇，相关解读采用网络流行语的时尚风格，更贴近读者的年龄。此外，每篇附有一枚"彩蛋"，图文并茂地展现与诗词或作者相关的古代小故事，为同学们增加写作素材。全书配有多幅手绘彩插，画风萌趣，让同学们有身临其境之感。

书中的内容异彩纷呈，有最精练的诗词写作技巧：什么是诚斋体？何谓宝塔诗？极简白描的诀窍在哪里？"情发于中，言无所择"的创作宗旨如何领悟？

有诗词"大咖"难以想象的另一面：词风清丽的韦庄竟然吝啬到"令人发指"，杜甫的头号迷弟追星"丧心病狂"，"工作模范"贺知章竟也遭遇职场滑铁卢……

也有鲜为人知的趣味故事：如今风靡的螺蛳粉竟然和鼎鼎大名的柳宗元有关，"情歌王子"秦观的隐藏身份居然是农业科学家……

三十堂直播课，把诗词原文、注释、译文、赏析、作者生平、相关逸闻趣事、同类主题诗词延伸等知识一网打尽，让同学们摆脱死记硬背，轻松打通学习诗词的关卡。你能想到的、想不到的，这里都有！

古诗词其实离我们并不遥远，它是诗词"大咖"与我们穿越千年的心意相通。让我们跟随这本《纸上的诗词直播课》，在或铿锵或婉转的音韵中体会中国古代语言之美。

包君成
2024.02

目录

1

3

第 1 课

同水部张员外籍曲江
春游寄白二十二舍人

口语入诗 / 不破不立

整顿职场的「韩怼怼」

姓　　名：韩愈（768—824年），字退之
人生定位：口才培训师
专　　业：汉语言文学、哲学、教育学
文学地位：古文运动的倡导者
所属社团：唐宋八大家
特　　长：写诗写文写祭辞，怼天怼地怼皇帝
短　　板：随时"杠精"附体
爱　　好：博塞（古时掷采行棋的游戏）
工作经历：京兆尹、吏部侍郎、礼部尚书
自我评价：孟子那句"虽千万人，吾往矣"，说的就是我

< 发现　　　　　　　　包子圈　　　　　　　・・・

 包子老师

又是一年春光大好之际，不能一人独享。有时间的朋友赶快一起来跳芭啦芭啦樱花舞！对啦，突然想到最喜欢约玩踏青的韩愈大人，何不请他来做这无限春光里的"一日客座教授"？

♡　

 韩愈

你们都说我是耐不住寂寞的人，大千世界万物有情，无动于衷者才是悲哀至极。没错，我约玩的人是不少，但也不是没有选择的，你们看看哪位不是人中龙凤？当然啦，有赴约的，也有爽约的，反正不来是他的损失！

白居易

回复韩愈：韩侍郎，您这是在内涵我吗？坊间已经在传咱俩是塑料兄弟情，您这么说不就坐实了？我那天是真脱不开身，才放您鸽子的，后来也挺内疚。您大人有大量，就别再计较啦！

张籍

和乐天是不是泛泛，我不知道，但我张十八和老韩的交情地球人都知道！那句脍炙人口的**"天街小雨润如酥"**就是约我踏青的，见我没立刻答应，赶紧又追来一句，**"莫道官忙身老大，即无年少逐春心"**。都甩大白话了，真朋友没错啦！

冬梅

还有人会拒绝韩愈韩大人吗？难以置信！

西枚

又是有故事的一课——前方高能！

评论　　　　　　　　　　　　　　　　　　　 ☺　　发送

好友介绍

张籍（约767—约830年），字文昌。中唐时代的现实主义诗人，与王建并称"张王乐府"。在兄弟辈中排行十八，故称"张十八"。代表作有《江南曲》《江村行》等。

上课啦!

今日课堂推荐诗词

同水部张员外籍①曲江春游寄白二十二舍人②

〔唐〕韩愈

漠漠③轻阴晚自开④,
青天白日⑤映楼合。
曲江⑥水满花千树,
有底⑦忙时⑧不肯来。

注释

① 水部张员外籍:指张籍,曾任官水部员外郎,人称"张水部"。
② 白二十二舍人:指白居易,家中排行二十二,又曾任中书舍人,故称"白二十二舍人"。
③ 漠漠:迷蒙一片。
④ 开:消散。
⑤ 青天白日:指好天气,风和日丽。
⑥ 曲江:钱塘江的别名。
⑦ 有底:有何,有什么事?
⑧ 时:相当于"啊",语气词。

译文

淡淡的阴云薄雾迟些时便四散开,万里青天白日朗朗映照着楼台。
曲江上春水弥漫两岸繁花千树,你有什么事那么忙啊一直不肯来?

4

冬梅

韩大人不愧是"春天发烧友"！不管是"天街小雨润如酥"，还是"漠漠轻阴晚自开"，那种喜爱之情无不发自内心，透着莫名的亲切感。

西枚

特别是"有底忙时不肯来"和给张员外的"莫道官忙身老大"如出一辙，基本就是口语了，可放眼全诗却并不违和，反而显得感情真挚，与美景形成互补。

包子老师

别忘了，韩大人可是古文运动的先驱，主张的正是"去华丽化"，作诗也要摒弃雕琢感，追求自然之美。

韩愈

当代人也喜欢这种务实写法吗？不过这好像并不能触动张十八和白二十二，尤其后者。估计白老弟更钟情于乐府范儿，对绝句的热情大不如前啦！

包子老师

说到绝句呢，韩大人这首赠答诗有一个重大的突破，有同学看出来了吗？

西枚

我看出来啦——是第三句！

包子老师

火眼金睛！一般而言，绝句的第三句在句式上是要有变化的。若前两句是表示肯定的陈述句，第三句还是相同的句式，就会显得单调、缺乏灵动性，那么诗人通常会将第三句转换为疑问、否定、感叹等句式，可韩大人不走寻常路，一连三句写景，第四句才陡然以疑问作结，是不是很值得玩味？

5

韩愈

哈哈，老夫连着三句景语都难掩对白二十二的怨意，不吐不快，没矜持住啊！

冬梅

可是——韩大人，我却感受不到您有丝毫责备之意，而是看到两个"晴"字！

韩愈

有点意思，愿闻其详！

冬梅

首句写的是雨后的天气。"轻阴""自开"不就是天"晴"了？"青天白日"进一步强化了画面的温暖，仿佛能感到阳光洒在身上，心情也随之变得轻松愉悦，这不就是心"晴"？把曲江边繁花似锦的壮丽之景放到第三句，不仅起到"点燃"的效果，更是在为抒情做准备。我猜，您压根儿就不在乎白老师爽不爽约，而是为他没您这样的眼福感到万分遗憾。

韩愈

不错不错。美好的东西不能与好友分享，当然会遗憾。

包子老师

诗人的情感经历了从平淡到浓郁的升华过程，一句一个台阶，循序渐进，缓而不急，从视觉、感觉两方面给读者以美的享受，最后一句切向人物，主旨全显，以俏皮一问画龙点睛。

西枚

韩大人说得没错，天晴心也晴，不来是乐天居士的损失！

6

〈发现　　　　　　　　　包子圈　　　　　　　　　...

包子老师

作为古文运动的领袖，韩大人不破不立的胆色随处可见，在本诗中**打破绝句三句便转的死律**，这种结构上的特点很值得玩索。最后一问看似扫兴，实则并无怨意，反而是揶揄朋友没那个眼福！韩氏笔触的"狡猾"之处由此可见，让人忍俊不禁。

...

白居易

本人确实没眼福，不过也回诗道明爽约原因了："小园新种红樱树，闲绕花枝便当游。"当时，我正忙着给后院搞绿化，确实脱不开身。韩侍郎，抽空也来看看我的小园，整得不比曲江边差，保准也让你尽兴而归。

韩愈

回复白居易：白二十二，不要避重就轻！回诗的后两句怎么不一起念出来？让大家评评理，是我斤斤计较，还是你不屑一顾？

张籍

回复韩愈：你俩都少安毋躁，后辈面前要保持形象！干脆我做东，趁春光正好，我们再游曲江可好？

冬梅

可是，我真的很好奇白老师后两句诗写的什么啊！

包子老师

哈哈哈，课堂效果达到了！那就把这两句诗留作课后作业，看谁先查到！

有一种幸运，叫"遇到韩老师"

话说"苦吟诗人"贾岛去长安城郊外拜访朋友李凝。他沿着山路找了好久，才摸到李凝家。这时，夜深人静，月光皎洁，敲门声惊醒了树上的小鸟。不巧，李凝不在家，贾岛就留诗一首：

闲居少邻并，草径入荒园。

鸟宿池边树，僧推月下门。

过桥分野色，移石动云根。

暂去还来此，幽期不负言。

第二天，贾岛骑着毛驴返回长安。半路上，他想起昨夜即兴写成的那首小诗，觉得"僧推月下门"中的"推"字用得不妥，改用"敲"或许更恰当。就这样，他骑着毛驴一边吟哦一边做着敲门、推门的动作，不知不觉进了长安城。韩愈的仪仗队刚好迎面而来，行人、车辆纷纷避让，可贾岛还在毛驴上忘情地比画，竟闯入了仪仗队。差人把他带到韩愈面前。韩老师问贾岛为何乱闯。他就把自己作的那首诗念给对方听，但其中一句拿不准是用"推"好，还是用"敲"好。韩愈颇有兴致地思索起来。半晌，他对贾岛说："还是'敲'字好些。月夜访友，即使友人家门没闩，也不能鲁莽撞门，敲门说明你是有礼之人！而且一个'敲'字，令静夜多了几分声响，静中有动，岂不活泼？"贾岛连连点头，不但没有受到处罚，还和韩愈交上了朋友。

这便是"推敲"的典故。同学们写作文的时候，遇到遣词造句也不妨多推敲推敲。

超级对比 / 咏物寄情

第2课

画眉鸟

北宋资深『星探』

姓　　名：	欧阳修（1007—1072年），字永叔
人生定位：	首席猎头
专　　业：	汉语言文学、史学、金石学
文学地位：	提倡"文以载道"，引领创作风尚
所属社团：	唐宋八大家
特　　长：	写散文、识人才
短　　板：	颜值较低
爱　　好：	琴、棋、诗、书、画雨露均沾
工作经历：	翰林学士、枢密副使、参知政事员
自我评价：	为官四十载，被贬二十年，我仍爱这世间一切美好的东西

< 发现　　　　　　　　　　包子圈　　　　　　　　　　···

 包子老师

工作久了，就得回归大自然吸吸氧、洗洗肺。这里真是露营的好地方，山清水秀，鸟语花香。刚好请来六一居士担任"一日客座教授"，品鉴一首应景之作——《画眉鸟》。在游玩中增长知识，是一件有趣的事哟！🌹

 欧阳修

说"六一居士"，大家可能不熟悉，但说"醉翁"，尽人皆知了吧！说到在游玩中增长知识，又让老夫想起在洛阳的那段生活。当时的文风很浮夸，我和友人颇为不屑，天天琢磨着创新。恰好上司老钱也是文学发烧友，鼓励我们四处采风、自由创作，还别说，真为文坛带来一股新风。😊

钱惟演
回复欧阳修：至今想来，这是我身为领导做得最对的一件事，哈哈哈！

梅尧臣
初识永叔，正值青葱岁月，他是我们圈子里最会玩也最会写的，天生的领袖气质。没想到被外放到滁州，他居然活成了老顽童。挺好，他在哪里都能活成自己想要的样子。

冬梅
欧阳老师不只文章写得好，还有做"星探"的潜质，不仅帮助苏学士"出人头地"，连苏学士的父亲、弟弟都得到过他老人家的赏识和提携。

西枚
还有鼎鼎大名的改革家王安石、被称为"百鸟之一鹗"的曾巩——哇，这么看，欧阳老师对"唐宋八大家"里的五位都有知遇之恩呢，也算是大宋的首席伯乐了。

评论　　　　　　　　　　　　　　　　　　　 　发送

好友介绍

 钱惟演（977—1034年），北宋大臣。一生奔波宦途，爱好文辞，自称"平生唯好读书，坐则读经史，卧则读小说，上厕则阅小词"，在洛阳任使相之际，厚遇欧阳修等文人学士。

 梅尧臣（1002—1060年），字圣俞，世称宛陵先生，北宋著名现实主义诗人。曾参与编撰《新唐书》，并为《孙子兵法》作注。有《宛陵先生文集》六十卷，还有《四部丛刊》影明刊本等。

11

画眉鸟

[宋] 欧阳修

百啭千声[1]随意移，

山花红紫树高低。

始知[2]锁向金笼[3]听，

不及林间自在啼。

注释

① 百啭千声：形容画眉鸟叫声婉转，富于变化。
② 始知：现在才知道。有点后知后觉的意味。
③ 金笼：贵重的鸟笼，喻指不愁吃喝、生活条件优越的居所。

译文

　　画眉鸟千啭百啭，随着自己的心意在林间飞动，在那开满红红紫紫山花的枝头自由自在地穿梭。

　　现在才知道：以前听到那锁在金笼内的画眉鸟叫声，远远比不上悠游林中时的自在啼唱。

冬梅

这首诗感觉不像单纯歌咏画眉鸟——对比也太强烈了。

包子老师

感觉灵敏哟！"百啭千声"是声音，"随意移"是动作，"红紫"是色彩。前两句既是声音与动作的对比，又是声音、动作与山花色彩的对比。三者是不同类的事物，看似被诗人强行拉到一起，呈现的效果却并不生硬，反而营造了一幅鸟语花香的和谐画面。后两句也是对比，谁看出来了？

西枚

一是处所与处所的对比，就是"金笼"与"林间"；二是声音与声音的对比，就是"金笼听"与"自在啼"。

包子老师

优秀！这种对比不是要比出个高低优劣，而是诗人在做评价……

欧阳修

包子老师，不必含蓄，你可以说得再犀利一点。我哪里是在评价画眉鸟的所处环境，分明是为自己的一生做总结。实不相瞒，老夫对介甫（王安石）的变法是存疑的，太激进了，也太冒失了。不过在我们那个时代，因政见不同被贬外放也很寻常，固然郁闷，但滁州也很美啊，看到自由自在、不受约束的画眉鸟，真是羡慕嫉妒恨。

包子老师

这样的心境下，您还有赏景的闲情，格局也是相当了得了。

欧阳修

哈哈哈，老夫是鹤发童心。

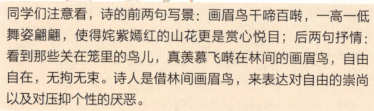

包子老师

同学们注意看，诗的前两句写景：画眉鸟千啼百啭，一高一低舞姿翩翩，使得姹紫嫣红的山花更是赏心悦目；后两句抒情：看到那些关在笼里的鸟儿，真羡慕飞啭在林间的画眉鸟，自由自在，无拘无束。诗人是借林间画眉鸟，来表达对自由的崇尚以及对压抑个性的厌恶。

 西枚

典型的咏物寄情！不过，我有一个疑问：诗人写完画眉鸟的舞姿与歌声，本可以继续写与之有关联的其他景物；至于自己的心意，可以留给读者慢慢体会呀，可他偏偏没有这样做。为什么呢？

包子老师

我想诗人也许考虑到两点：一是表现画眉鸟的自由自在，用第一、二句足矣，再写就多余了；二是如果只靠寓情于景，恐怕读者会误解，不如干脆直抒胸臆，顺便吐槽一下积压许久的郁闷情绪。这倒很符合六一居士的率真性格。

 欧阳修

知音啊！为包子老师的解读能力大大点赞。

課後小結

 包子老师

赏读完六一居士的《画眉鸟》，我们学到了**咏物寄情的写作手法和对比的表现手法**。值得一提的是，这首诗还蕴含了深邃的人生哲理，有谁读出来了？

 冬梅

我！我！我！为官者不该只守在皇帝身边，还应走向民间，走入群众，想百姓之所想，急百姓之所急。欧阳老师在滁州实行宽简政治，百姓得以安居乐业。这就是他老人家想要的自由吧！

 梅尧臣

我以为永叔的意思是，做官时尚能飞舞，却被"锁"在"金笼"里，不得自由。只有脱离那个地方，才能天高任鸟飞。

 欧阳修

回复梅尧臣：知我者，圣俞也！百姓安居乐业，老夫也就有心思聚会邀友、喝酒飞花了。

 钱惟演

回复欧阳修：洛阳一别，很是想念。结识新朋友，不忘老朋友！下次请老夫去醉翁亭喝酒，不醉不归。

 西枚

"醉能同其乐，醒能述以文者，太守也。太守谓谁？庐陵欧阳修也。"——也只能是他老人家！

以其人之道还治其人之身

欧阳修与宋祁一起修《新唐书》时，负责写列传的宋祁总喜欢使用生僻的字眼儿。负责统筹全稿的欧阳修，从年龄和资历上都是宋祁的后辈，不好直说，很是无奈。

一天早上，欧阳修想到一个方法。他在唐书局的门上写下八个字："宵寐非祯（zhēn），札闼（tà）洪休。"等宋祁来了，他站在门口端详了半天才悟出深意，笑着说："这不就是俗语说的'夜梦不祥，题门大吉'嘛，至于写成这样吗？"

欧阳修附和道："在下是在模仿您的笔法呢！"

宋祁听了，不好意思地笑了，之后写文章也变得平实起来。

所以呢，我手写我心，大可不必故作高深，殊不知，往往平实简单的句子才能引发人们的共鸣。同学们，学到了吗？

以动衬静 / 思辨之味

辛夷坞

第 3 课

佛系鼻祖

姓　　名：王维（701？—761年），字摩诘
人生定位：民宿老板
专　　业：作诗、绘画
文学地位：诗佛、南宗山水画之祖
特　　长：琴棋书画无所不能，颜值气质所向披靡
短　　板：优柔寡断
爱　　好：钻研佛理、宠弟狂魔
工作经历：尚书右丞
自我评价：坎坷一生，归来仍是少年

课前通知

 ＜发现　　　　　　　　　　包子圈　　　　　　　　　　　•••

包子老师

你真的会赏花吗？还是只惊艳于花开正好的容颜，醉心于浓郁感人的芬芳？如果觉得这就是赏花的全部了，那我只能说你肤浅啦！今天就让大家见识一下什么叫高级的赏花。有请我们的"一日客座教授"——摩诘居士王维王大人！

王维

我一生中最快乐的时光都是在辋川度过的。当时，半仕半隐的我翻新了别墅，也就是大家熟悉的辋川别业。那里的景色真好！更重要的是，有裴老弟作陪，快乐加倍。😊

18

裴迪
回复王维：在辋川的十年，是我最快乐的十年。我与摩诘相携攀登，泛舟唱和，分不清天上人间，还把这些快乐的时光汇成诗句——可不要说你没读过《辋川集》哟！

王缙
你们都只看到我哥风光的一面，其实他性格有点黏黏糊糊的，做官没耐性，辞官不干脆，安史之乱时又被逼着做了伪官——唉，要不说性格决定命运呢！怪不得只能到宗教里去找寄托，"诗佛"也许是他最好的归宿。

冬梅
我记得课内学过的《鹿柴》就是"诗佛"在辋川岁月所作的。

西枚
辋川别业有二十景，王、裴二人各赋五绝一首，总共四十首。今天要品鉴的《辛夷坞》正是第十八首。好期待啊！

评论　　　　　　　　　　　　　　　发送

好友介绍

裴迪，生卒年不详，以诗文见称。盛唐著名的山水田园诗人之一。早年与王维过从甚密，晚年居辋川、终南山，两人来往更为频繁，故其诗多是与王维的唱和应酬之作。

王缙（700—781年），字夏卿。唐朝宰相、书法家，王维之弟。诗作风格与其兄仿佛，平淡清新。

19

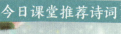
辛夷坞①

[唐] 王维

木末芙蓉花，
山中发红萼②。
涧户③寂无人，
纷纷开且④落。

注释

① 辛夷：辋川地名，因盛产辛夷花而得名，在今陕西省蓝田县内。坞：周围高而中央低的谷地。

② 萼：花萼，花的组成部分之一，由若干片状物组成，包在花瓣外面，花开时托着花瓣。

③ 涧户：一说指涧边人家；一说为山涧两崖相向，状如门户。

④ 且：又。

译文

枝条最顶端的辛夷花，在山中绽放着鲜红的花萼，红白相间，十分绚丽。

涧口一片寂静杳无人迹，随着时间的推移，辛夷花纷纷怒放，瓣瓣飘落。

冬梅

娇艳欲滴的辛夷花，好美啊！

包子老师

不单美，还有气节。辛夷花含笑枝头，渐次绽放，耀眼的红色在山涧缓缓铺开，光彩夺目。寂静无人的深山之中，它们兀自怒放，又无悔谢落，自开自败，自满自足，无人欣赏，也不求欣赏……

西枚

诗人一定是借辛夷花在表明心志，辛夷花的孤傲不也正是摩诘居士的孤傲？

王维

人到晚年，老夫在终南山的辋川别业寻回了自己。动人心魄的美景常令我沉溺，无法自拔。讲真的，人一旦通透了，便也明白欲望与野心终会归于虚无。

包子老师

我很理解您。人生呢，无论是在朝廷上发光发热，抑或于山林中隐居遁世，活出自我，过得开心就好。对了，说到《辛夷坞》营造出来的空寂之境，有没有人想到诗人另一首颇为神似的小诗？

冬梅

《鸟鸣涧》！

包子老师

没错。但也只是"神似"，两首诗在设置意象和艺术构思方面并不相同。比如，同是以动写静的表现手法，《鸟鸣涧》意在以声写静，从听觉方面捕捉自然界的声息来反衬静境；《辛夷坞》则极尽渲染视觉冲击力，即花朵的颜色以及花开花谢的动态变化。

西枚

开头的"木末"，是说辛夷花的花苞长在每根枝条最末端，整体看上去像毛笔一样；因为形似，芙蓉花在此指代辛夷花，于山中发出红萼……想象一下，人迹罕至、亘古寂静的山涧，唯见辛夷花的一片猩红，确实能感到一种无声的喧嚣。

王维

创作《辋川集》的时候，我已熟习禅宗的思辨方法，难免在描绘自然山水的诗作中有所体现。之所以钟情于以动写静，是为了**彰显"偶动亘静"的佛理**……这么说可能小学子们不好理解，你们只要明白"万物静中有动，虽动而常静"的道理就好了。

包子老师

王维的诗大都营造出一个独立而封闭的天地：空山、翠竹、鸟鸣、流水、钟声……一切自在而圆满、和谐而空灵。意象的空间固然有限，但饱含的意蕴却是无限的；时间感也不强，似乎就是一种"永恒"的感觉。

西枚

每一朵花都如同一个小小的生命，虽然短暂，却耀眼夺目。辛夷坞的美景，让人感受到大自然的魅力和生命的脆弱，也可以从中汲取力量和智慧。

冬梅

这样美好的辛夷坞像不像陶渊明笔下的桃花源？真的是好诗的尽头是陶诗！

王维

小学子说得很对啊！我也是站在前辈的肩膀上，才能化心语为诗句，生出这样还算有些价值的感触吧！

课后小结

＜发现　　　　　　　　　　　包子圈　　　　　　　　　　　···

 包子老师

说到诗词中**以动衬静**的高手，非王维莫属。《鹿柴》《鸟鸣涧》都是经典案例，再加上这首《辛夷坞》，同学们必定已经将这一表现手法吃透了。留一道思考题，你还能想到王维哪首以动写静的诗作呢？选用的意象又是什么呢？

 西枚

我先来。《山居秋暝》中有"明月松间照，清泉石上流"。清澈的泉水，在石头上哗哗地流淌着，用流淌之声进一步衬托出山林之静。

 裴迪

我来补充，同是出自《辋川集》的《竹里馆》，"独坐幽篁里，弹琴复长啸"。

 冬梅

回复裴迪："弹琴""长啸"就是以声响衬托出静境，与诗人所要表现的那种清幽澄净的心境互为表里。

 王维

同学们个个冰雪聪明！希望你们也可以把这种表现手法用到写作中，真的是非常讨巧。

 王缙

以前只知道我哥诗好、画好、字好、音律好，妥妥一个别人家的孩子，今天听诸君一席话，发现他还真是别人家的孩子！😋

23

机会只垂青于有准备之人

十九岁的王维已小有名气，何况他还有音乐、绘画等诸项绝技加持，加之风度翩翩，很快就在人才济济的长安脱颖而出。他本想此次入京参加京兆试能拔得头筹，却很快得到消息：此次"解头"①试前已拟定人选，乃是与其一同应试的张九皋。原来对方请人走了太平公主的后门。王维有点书生意气，就到岐王府向岐王李范吐槽此事。岐王让王维选取过往佳作抄录成卷，再作琵琶新曲一首，又让内官为他换上华服，装扮得焕然一新，然后带着他来到公主府。王维亲自献上新曲《郁轮袍》和所录诗作，一下子戳中了公主的心。岐王趁机献言："近日京兆试，若得此生解头，诚所谓国之精英。"公主急问为何不令其应举。岐王道："此生不得首荐，不愿应试。"公主心领神会："张九皋哪里是我的安排，不过是受人所托。"接着，太平公主向王维打包票："此次解头，非你莫属！"果然，王维后来一举登科，顺利为官，人生巅峰来得水到渠成。这事已不知真伪，能流传下来是因为王维的实力过硬。在唐朝出将入相都要有个举荐，类似王维这种干谒②之举非常普遍。换个角度，王维若非才高八斗，又怎会令公主青眼有加？

这个故事再次印证了那句老话：机会只垂青于有准备之人。

---

① 京兆试第一名称"解头"。
② 干谒：为某种目的而求见。

城南二首·其一

玩转『拉踩』/ 炮制理趣

第 4 课

顶流男团中的『小透明』

姓　　名：曾巩（1019—1083年），字子固
人生定位：脚踏实地的努力派
专　　业：文学、史学
文学地位：新古文运动的重要骨干
所属社团：唐宋八大家
特　　长：写散文
短　　板：写诗词
爱　　好：金石收藏
工作经历：中书舍人
自我评价：流量只是浮云，作品才是底气

＜发现 　　　　　　　　**包子圈** 　　　　　　　**•••**

包子老师

昨天活动课组织了植物COS大赛，我COS的是最爱的小草。说到
小草呢，还有比我更忠实的"粉丝"——曾巩！没想到吧？大文
豪专门写了一首赞美小草的诗，还流传千古了。虽说曾先生的短
板就是诗，相较于"唐宋八大家"其他成员，他的存在感也不强，
但才华搁那儿摆着呢，不容置疑。来，有请我们的"一日客座教
授"——南丰先生曾巩。

COS是Cosplay的简称，源自英
语Costume Play。一般指代
通过服装、道具、化妆、
造型等方式，借助摄影、
舞台剧、摄像等形式，
对出现在动画、漫画、
游戏作品中某位角色
或者某段剧情进行现
实还原的活动。

曾巩

很多人对我能跻身顶流男团"唐宋八大家"颇感困惑。我呢，也感到有
些盛名难副。同学们在记忆文学常识的时候，是不是也常常记不住我的
名字？ 😭

欧阳修

作为文坛资深"星探"，我很负责任地说一句，拜我欧阳修为师者成百上千，小曾绝对是其中的翘楚。嗯嗯，知道你们要提苏轼。子瞻确实文采更胜，人也洒脱，更有才子风范，但说到立论警策，他还真不如曾子固。就是当着苏子瞻的面儿，我也是这态度！🤭

苏轼

回复欧阳修：坊间都说老师看走了眼，把我的文章误认为是曾兄所作，为避嫌才令我错失了状元。其实，我俩的文风截然不同，老师目光如炬，自然是不会看错的。之所以会有这样的传闻，还是因为您二位的师生情感人，倒是我来蹭了个热度！🌹

王安石

我来说上几句公道话。论情致，论风采，子固确实欠奉，可你们去看看他的文章，那可真是"水之江汉星之斗"，绝对闪瞎诸位的眼睛！身为他的队友，我感到无比骄傲。🤪

范仲淹

回复曾巩：子固啊，你能入选"八大家"靠的是实力，所以不要在那里"凡尔赛"了，毕竟我连"八大家"的门槛儿都没摸到。大家也别再为我鸣不平了，我是真的很少正儿八经写文章，别说散文了，连词都写得不多，虽说宁缺毋滥，但产出少也是不争的事实。相比曾子固的孜孜不倦、笔耕不辍，我是"懒癌"晚期，进不了"八大家"，心服口服。👼

冬梅

回复曾巩：说句得罪曾先生的话，我确实总记不住您的大名，也许是未曾深入了解您的作品。

西枚

没错，咱们好像还真没读过曾先生的诗呢，趁这堂课赶快恶补一下啦！

评论　　　　　　　　　　　　　　🙂　发送

27

上课啦！

今日课堂推荐诗词

城南二首·其一

［宋］曾巩

雨过横塘①水满堤，

乱山高下②路东西③。

一番桃李花开尽，

惟有青青草色齐。

注释

① 横塘：古塘名，在今南京城南秦淮河南岸。

② 乱山高下：群山高低起伏。

③ 路东西：分东西两路奔流而去。

译文

春雨迅猛，池塘水满与堤齐平，远处群山高低不齐，东边西侧，山路崎岖。

热闹地开了一阵的桃花和李花已经凋谢，只能看见萋萋的春草，碧绿一片。

冬梅

是哪位"大咖"说曾先生情致欠奉的？这明明就是文采与韵律兼具的抒情佳作，不愧是"八大家"出品。

曾巩

不敢当！不敢当！我确实很少写诗，偶尔一作，只为怡情，很多时候就是写给自己看的。

西枚

曾先生，城南春色怡人，为何您的双眼偏偏被山坡上的小草吸引？

冬梅

我来替先生解答。要想直白歌颂一样事物的美好，"拉踩"是一个好办法。

曾巩

拉踩？这是何意？

包子老师

曾先生，这个"拉踩"呢，是今人戏谑的叫法，其实就是写作中的对比手法。诗中，您通过桃花、李花容易凋谢与小草常青的对比，一下就烘托出青草难以摧毁、意志顽强的美好品质。

西枚

您的笔下，桃李固然美丽，时效性却很强；青草朴素无华，可生命力旺盛，"拉"的谁、"踩"的谁，不言而喻了吧？

曾巩

真是落伍啦，还是你们年轻人脑瓜灵会形容！

29

包子老师

同学们，觉不觉得 **"惟有青青草色齐"** 这句很具魔性，越看越神奇？沁着水珠的草地鲜亮碧绿，一下就把雨后充满生机的大自然给描绘出来了，简直是神来之笔。

冬梅

若说前两句描写的是诗人所见所闻，那最后两句就是所思所想了。

包子老师

再深入想一想，桃李是不是可以比作那些浅薄无能、昙花一现之人，而小草则可喻指那些朝气蓬勃、脚踏实地、勤劳顽强之人。长葆青春、创造美好生活的很明显就是如小草一般的人呀！

西枚

啊——**不愧是哲理满满的宋诗**！曾先生以细腻的笔触，不仅将身边寻常的事物和景色描绘得活灵活现，还传递出一种深刻的人生感悟。整篇诗作寓情于景，格调超逸，清新隽永，着实应该替先生"平反"一下了。

曾巩

"糊"了这么多年，一下收获如此多的偏爱，还真有些不习惯，受宠若惊！

包子老师

跟着曾先生的妙笔，我们惋惜昔日绚丽似锦的桃李经受不住风雨的暴击，却意外见识了屡经风雨洗礼反而翠绿欲滴，且毫无倒伏之势的青草风采。曾先生的诗文朴实无华，却以理见长，托物言志，给人以启示和警醒，是宋诗的榜样之作。

曾巩

这堂课帮我重温了当时创作此诗的心境。唉，人生又何尝不是如此，若只追求枝头桃李的绚烂，独美于风和日丽，一经风雨便狼藉满地，必然会收获一掬同情和惋惜，又有何益处？

欧阳修

我这位高徒的短板就是为人低调，奈何空有实力，没有流量。

王安石

你们还不知道吧，按辈分算，曾子固是我表舅呢！外人都说我是"拗相公"，一副不通人情世故的样子，但在他面前，我却忍不住爱心泛滥——"吾少莫与合，爱我君为最"。

冬梅

从这节课开始，我永远地记住了曾巩的名字。

西枚

"流量咖"有什么好的？做一个才华爆棚的低调实力派，挺好！

苏轼"躺枪"成就绝代师徒

欧阳修初见曾巩就啧啧称奇，赞他为"百鸟之一鹗"，后来更是写诗盛赞，"过吾门者百千人，独于得生为喜"，直截了当地告诉曾巩，我最喜欢的就是你！曾巩深受感动，也写文称赞老师："独大贤知遇之最深，欲成其区区乎。"这就是在对的时间遇到了对的人。

欧阳修对曾巩的这份偏爱还影响到了苏轼。

据传嘉祐二年，欧阳修主持科举考试，看到一份无懈可击的答卷，激动不已，断定必是曾巩的大作。他本想将之判为第一，又担心有人会借由他与曾巩的关系指摘他徇私舞弊。思前想后，他忍痛割爱，将此卷判为第二。成绩揭晓，谁知这份"牛卷"并非曾巩所作，而是苏轼。只因一个误判，中国状元榜上少了"苏轼"这枚熠熠生辉的星子。

而被极为看好的曾巩此前两次落第，欧阳修却从来不曾怀疑爱徒的实力，还为他打抱不平，写下《送曾巩秀才序》："其大者固已魁垒，其于小者亦可以中尺度；而有司弃之，可怪也！"

对曾巩而言，文章千古事，他始终坚持"文以明道"，要写就写有思想、有灵魂的文章。是金子，终会发光。也是在嘉祐二年的科考中，三十九岁的曾巩中了进士。不仅如此，弟弟曾牟、曾布，堂弟曾阜，妹夫王无咎、王彦深，一门六人同时考中，上了当年的热搜。

顺带说一句，嘉祐二年的进士科是货真价实的"千年龙虎榜"，见识一下上榜的牛人吧：苏轼、苏辙、张载、程颢、程颐、曾巩、曾布、吕惠卿、章惇、王韶、吕大钧……这一年试举的光辉照耀了整个大宋，余晖绵延至今。

第5课

洛阳陌

巧用典故 / 间接烘托

大唐第一偶像

姓　　名：李白（701—762年），字太白
人生定位：自由撰稿人
专　　业：汉语言文学
文学地位：诗仙
所属社团：饮中八仙
特　　长：写诗、耍剑
短　　板：自恋
爱　　好：喝酒、交友、吹牛
工作经历：翰林待诏
自我评价：我的优点是找不到缺点，缺点是优点太多

课前通知

包子老师

突然好想去洛阳，逛逛十字街，吹吹洛浦公园的晚风，看看应天门，感受一下盛世大唐的风光。去之前，不妨先来看一看"谪仙人"李大人给大家做的"洛阳攻略"。有请今天的"一日客座教授"——"诗仙"李白！

 李白

洛阳深度游，找我探路准没错！不仅洛阳、庐山、黄鹤楼、天门山、荆门山、敬亭山、凤凰台……无论热门景区，还是小众景点，我都可以给你们做导游。

杜甫

回复李白：永远忘不了744年，李兄与我邂逅于洛阳，我俩携手游历，饮酒作诗，相谈甚欢。有人说，有些日子需要用一生来珍藏。于我而言，与李兄度过的时光就是如此："何时一樽酒，重与细论文。"

高适

回复李白：很遗憾没能和你俩一起畅游洛阳城，也很庆幸没有错过我们的梁园之旅。对了，下次去哪里打卡，记得提前叫上我！

孟浩然

也别让他当什么"客座教授"了，太白确实更适合做导游。作为曾经的"洛漂"与"白友"，我可以很负责任地说，跟他走，包你玩好，吃好，喝好！

西枚

没想到洛阳竟与这么多"大咖"有关联，人杰地灵啊！

冬梅

洛阳之旅，我来啦！🌹

评论　　　　　　　　　　　　　　　　　　　☺ 发送

好友介绍

孟浩然（689—740年），字浩然，唐代著名的山水田园派诗人，世称"孟襄阳"。因他未曾入仕，又称为"孟山人"。与王维并称为"王孟"，有《孟浩然集》三卷传世。

上课啦！

今日课堂推荐诗词

洛阳陌

〔唐〕李白

白玉① 谁家郎，

回车渡天津②。

看花东陌③上，

惊动洛阳人。

注释

① 白玉：喻面目姣好、白皙如玉之貌。

② 天津：洛阳桥名。

③ 东陌：洛阳城东的大道，那里桃李成行，阳春时节，城中男女多去那里看花。

译文

那个面白如玉的是谁家的少年郎？他已回车过了天津桥。

他在城东的大道上看花，惊动得洛阳人都来看他。

冬梅

标题党！这也不是洛阳深度游啊！再说，诗里的"白玉郎"是谁啊？

李白

小同学，格局要打开。洛阳属于热门旅游城市，大家都在写，若我也跟风，怎么出圈儿？我不能砸了自己"谪仙人"的招牌啊！

包子老师

索性我们就换个角度看洛阳，聚焦一下这里的人。这首句呢，借用的是西晋文人潘岳在洛阳道上的逸事。《晋书·潘岳传》载："（潘）岳美姿仪，辞藻绝丽，尤善为哀诔之文。少时挟弹出洛阳道，妇人遇之者，皆连手萦绕，投之以果，遂满车而归。"翻译成白话就是潘岳帅出了天际，往街上一走，分分钟能引发踩踏事件。可想而知，这个白玉郎的颜值得有多高！

西枚

这就是**巧用典故**的妙处。一句**"白玉谁家郎"**，不但把洛阳贵公子的独特风采描写得传神，也足以说明诗人对于审美的高标准、严要求，从而让这首诗显得别具一格。写美女的诗没少读，写帅哥的确实第一次见。李导游对素材的选择确实很有一套。

李白

那必须的！见识了白玉郎的绝世风采后，让我们一起跟随他的脚步，过一过天津桥。

冬梅

天津桥？在洛阳？孤陋寡闻了……

37

包子老师

不要望文生义，天津桥的"天津"和城市"天津"可不是一回事。此桥在今洛阳桥附近。隋唐时，天津桥除了作为连接洛河两岸的交通要道，还是洛阳城中的网红打卡地，值得一逛。第二句虽将笔墨集中于白玉郎的过桥之状，烘托出的却是洛阳的繁华风物以及士女冶游的盛况。

 西枚

侧面烘托，又学到一招。

 李白

接下来的"东陌"就是洛阳城东的大道——地标哟！那里桃李成行，每到阳春时节，城中男女都去那里参加赏花嘉年华。

包子老师

第三、四句是说白玉郎本不想惊动世人，但架不住洛阳人见到他惊为天人啊，设计上颇具戏剧色彩，行文又很有民歌风味……对了，诗中还暗藏一个玄机。那就是"谁家郎"的春风得意与诗人的壮志难酬形成了鲜明的对比，从而流露出对自身怀才不遇的黯然神伤。

 冬梅

真没想到，这场洛阳之旅竟是"诗仙"在自揭伤疤！

 西枚

盛况背后却是壮志难酬的凄凉与惆怅，贵为"诗仙"也不能万事如意啊！

 李白

这算什么！同学们觉得这趟"旅行"既有意思又有价值，才最重要。

< 发现 　　　　　　　　包子圈　　　　　　　　...

包子老师

这趟旅程我们一起见识了白玉郎的风姿，欣赏了洛阳城的繁荣，最重要的是学到了**巧用典故**与**间接烘托**的写作手法，同时也感谢"诗仙"的自我牺牲精神——把自己失意的处境展示在我们面前，这是他的豁达，也是他的格局。

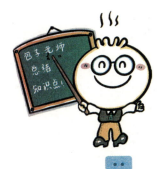

♡　

 李白

很高兴能成为大家的"一日导游"。虽然你们看到我的不如意，但我还是想说，要坚信**"天生我材必有用"**，要笃定**"千金散尽还复来"**，永远都不要轻言放弃。🤪✌

 杜甫

回复李白：这一点，我确实要向李兄学习。

 高适

没有什么可以击倒李太白！他有一根超级强大的神经，相较于才华，这是上天对他更可贵的馈赠。

 孟浩然

虽然太白说他最爱我老孟，但数天下风流人物，还得是他青莲居士。

 西枚

"诗仙"的个人魅力也太大了，颜值在他面前好像不值一提。

 冬梅

真正掀动洛阳风情的是李白大人手中的妙笔。

李白醉酒捞月

据说，每逢冬月十五站在南京夫子庙的文德桥上，秦淮河中的月影会被桥身一分为二，这一现象被南京人视为奇观。

传说有一年冬月十五，李白来到金陵，在文德桥边的一座酒楼上歇脚。当晚，他独自坐在酒楼上赏月，一边喝酒一边吟诗。"诗仙"平生最爱的就是月亮，他抬头看见天上的月亮圆润皎洁，内心狂喜，便多喝了几杯。半夜，李白趁着酒兴正浓走上文德桥。谁知刚上桥，他就看见月亮突然掉到水里，河水一动，月影上就添了几道黑纹。此时，李白整个人醉醺醺的，只当是月亮被河水弄脏了，他连靴子都顾不得脱，张开双臂就跳入河中去捞月。谁知这一跳，月亮没捞到，却把月影震破了，顿时分成两半儿……

后来，人们在文德桥旁修了一个"得月台"，据说那里就是当年"谪仙人"的赏月之所。

於潜僧绿筠轩

第 6 课

情发于中 / 俗中生雅

『斜杠』青年

姓　　　名：苏轼（1037—1101年），字子瞻

人生定位：行走的美食家

专　　　业：诗词、书法、绘画

文学地位：豪放词派的开创者

所属社团：唐宋八大家、宋四家、三苏

特　　　长：撰文作诗、写字绘画、研发美食

短　　　板：心直口快

爱　　　好：主动吃吃喝喝、被动走南闯北

工作经历：翰林学士、侍读学士、礼部尚书

自我评价：能闻得墨香，也能忍受烟熏，"上得厅堂，下得厨房"说的是我，是我，就是我

< 发现　　　　　　　　　　包子圈　　　　　　　　　...

 包子老师

大观园落成后，宝玉问黛玉选住何处，黛玉说："我心里想着潇湘馆好，爱那几竿竹子隐着一道曲栏，比别处更觉幽静。"我和林妹妹所见略同……不只如此，苏大学士也是这个观点，而且见解更深刻！热烈欢迎今天的"一日客座教授"——东坡居士！

 苏轼

我对很多事物都喜欢发表见解，好听的、难听的，该说的、不该说的，总之想到什么说什么。反正欣赏我的人特别欣赏，讨厌我的人恨不得将我天诛地灭。回看一生，我这多舛的命运也都源于这自作聪明的大嘴巴。

42

苏辙
回复苏轼：哥哥，以诗会友的日子咱不提伤心事。看到时隔九百多年，还有这么多忠实"粉丝"，应该高兴才是啊！

欧阳修
回复苏轼：子由说得极是。反正流芳百世的是你苏轼的大名和大作，不要在意那些不同频的声音。

黄庭坚
苏子瞻是最了不起的文人！苏子瞻是忠君爱国的！苏子瞻无罪！无论何时，我都这样说——不接受反驳！

冬梅
一声"东坡"，响彻千古——终于等到您！

西枚
天下第一流！

评论　　　　　　　　　　　　　　　　　　😃　发送

好友介绍

苏辙（1039—1112年），字子由，一字同叔，号东轩长老，晚号颍滨遗老。北宋文学家、思想家。以散文著称，擅长政论和史论，苏轼称其散文"汪洋澹泊，有一唱三叹之声，而其秀杰之气终不可没"。

43

 今日课堂推荐诗词

於潜僧绿筠轩

〔宋〕苏轼

宁可食无肉，不可居无竹。

无肉令人瘦，无竹令人俗。

人瘦尚可肥，士俗不可医。

旁人笑此言，似高还似痴。

若对此君① 仍大嚼，世间那有扬州鹤②？

 注释

① 此君：对竹的昵称。
② 扬州鹤：指理想中十全十美的事物，或者不可实现的空想、奢求，也比喻欲集做官、发财、成仙于一身，或形容贪婪、妄想。

译文

宁可没有肉吃，也不能让居处没有竹子。

没有肉吃人会瘦，但没有竹子就会让人变庸俗。

人瘦还可变胖，人俗就难以医治了。

旁人如果对此不解，笑问此言："这是清高、发痴的话吧？"

那么请问，如果面对此君（竹），仍然大嚼，既想得清高之名，又想获甘味之乐，世上又哪来"扬州鹤"这等鱼和熊掌兼得的美事呢？

冬梅

苏大学士这写的是诗吗？怎么和我们之前学的 **"淡妆浓抹总相宜""横看成岭侧成峰"** 的感觉截然不同？不仅看不出韵脚，还长短不一的。

西枚

也就苏大才子，换别人这么不按套路出牌，估计要被喷死。

包子老师

同学们，学习的格局要打开些。苏学士才高八斗，别出心裁常有，但所有创新都建立在言之有物、真知灼见的基础上。确实，这首即兴之作算不上标准诗歌：一则，它没有按照诗歌句式整饬的结构来写；二则，句数也不符合常规要求；三则，在平仄对仗和音韵节奏方面也非循规蹈矩。可就是这种似诗非诗的体例蕴含了深刻而犀利的哲理，况味独具。

苏轼

欢迎各抒己见，在下不玻璃心。实在是爱惨了绿筠轩周遭那片苍翠欲滴的茂林修竹，才有感而发，又觉得作成寻常诗歌的样式不能尽述我的心声，索性选了最浅白的文字、最上口的句式，打造一种俗到极致的效果。还是那句话，欣赏的人极欣赏，讨厌的人——就让他们讨厌好啦！

西枚

这也不是个案了。那首 **"早晨起来打两碗，饱得自家君莫管"** 的《猪肉颂》更有打油诗的味道，却是喜闻乐见，尽显苏学士的诙谐一面。

包子老师

其实呢，这首诗还是五言的底子，以议论为主，歌颂风雅高节，批判物欲俗骨。但若一味议论下去，则有说教之嫌，所以诗人后面适当采用散文化句式，如"不可居无竹""若对此君仍大嚼"，以及赋的某些表现手法，如以对白方式对俗士进行调侃和反诘，丰富了语境，增强了表意的层次感。于大俗中孵化出大雅——这才是高手所为啊！

西枚

即便是议论，苏学士也处理得相当别致。前六句运用了对比，将肉与竹、瘦与俗、物质与精神、可胖与不可医做对照，读者轻而易举就能get到诗人所要表达的意旨，这看似信手拈来、随口吟出，实则满满的技术含量。

苏轼

各位谬赞啦！我的创作宗旨很简单——情发于中，言无所择！心中有了感触，马上就要表达出来，来不及斟酌词句了。这样未经雕琢的文字才是心语，才是真情。

冬梅

学到了——原来是我肤浅啦！

包子老师

正所谓"大开大合为弛张"。作诗写文章要率性而为，确实不必以章法为律，有时想得太多，反而会意境尽失。

课后小结

<**发现** 　　　　　　　　**包子圈**　　　　　　　　**...**

包子老师

这节课我们最大的收获就是摘除了写作的滤镜。好文章并非充斥着奇技淫巧，专注于技法当然不会出错，却也会成为抒情的羁绊。苏大学士的箴言确有醍醐灌顶之效——**情发于中，言无所择**！同学们，为师期待着你们的肺腑之言哟！🌹

♡　　　　　

 苏轼
你们都说我是天才，其实我就是个凡人，甚至有点俗，可俗点才可爱啊！未必人人皆能体会**"人间有味是清欢"**，却一定都能看懂**"人瘦尚可肥，士俗不可医"**。当然是看得懂的人越多越好啊！😨

 黄庭坚
😈 谁说甩大白话就是俗了？随便找个人过来，能甩得出来吗？这样的文字就是率性而为，没有超脱的心境是断然写不出来的！

 苏辙
我哥这人呀，发现人家有好处、有善举，就拼命称赞；遇到不入法眼的，就往死里挖苦讽刺，难免武断，却因独家一词，别无分店，所以才格外好看、过瘾！

 西枚
这就是人格魅力！这就是超群智慧！

 冬梅
这就是别人家的孩子！😍

47

有趣的灵魂会传染

苏轼烧肉是一把好手，烧鱼的水平也堪称一流。被贬谪的日子，苏学士过得很是拮据，馋虫却一点没闲着。一天，他想吃鱼，便去河边钓了条草鱼回来亲自下厨烹煮。

鱼刚出锅，就听黄庭坚扯着嗓门高呼苏轼其名，迈进院内。情急之下，苏轼将烹好的红烧鱼藏于碗橱之上。哪知黄庭坚正是经过苏家院子时被鲜香的味道吸引而来，打算打个牙祭。他也不道破，前不着村后不着店地问了一句："敢问兄台，你这个'蘇'字怎么写啊？"

苏轼有点蒙圈，还是如实答："不就是上面一个草字头，下面左'鱼'右'禾'嘛。"

黄庭坚又问："'鱼'放右边行否？"

苏轼思索片刻，答："也可。"

黄庭坚再问："'鱼'放上面行吗？"

苏轼坚定地摇头，答："不可！"

黄庭坚随即笑着指指碗橱之上，道："'鱼'既然不能放在上面，那就拿下来吧！"

苏东坡颠沛流离的一生不可谓不让人心疼，可他硬是怀揣了一个有趣的灵魂。神奇的是，这样有趣的灵魂是可以传染的，和他朋友做久了，很少有人不被他的乐观、豁达、诙谐所感染，也都渐渐成了有趣之人。

第7课

还自广陵

动态声态同步
白描抒情兼具

忧郁的情圣

姓　　名：秦观（1049—1100年），字少游
人生定位：情歌王子
专　　业：汉语言文学
文学地位：婉约词派一代词宗
所属社团：苏门四学士
特　　长：写情歌、写策论
短　　板：不可救药地顾影自怜
爱　　好：美女、美酒、美好的理想
工作经历：太学博士、国史院编修官
自我评价：伤心人作伤心词

〈发现　　　　　　　　　　包子圈　　　　　　　　　・・・

 包子老师

如今"咔嚓"一下，就能将精彩瞬间完整复制，做成Vlog发布到社交平台，分享之余，还有望成为"网红"。可在古代，记录美景还靠画或写，很考验个人才艺。猜猜看，这回请来的"一日客座教授"是谁？没错，就是仅凭一支笔便能神还原精彩瞬间的秦观秦少游。

 秦观

我能有这个本事还要多谢苏老师。刚出道时，我作了一首《满庭芳》，首句是"山抹微云"，被老师称作神来之笔，后来干脆叫我"山抹微云君"。自此，我便知道描摹大千世界要从细处着眼，一个不经意的瞬间也可能成就不朽。🌹

黄庭坚

回复秦观：能拜在苏大学士门下，是你我的福分。若论天分，你秦少游当仁不让；可说到仕途……也罢，老天终归是公平的，给了你出类拔萃的才华，当然要拿走些运气。唉，我又何尝不是呢！

晁补之

回复黄庭坚：黄兄，你平时挺硬核的一个人，可一提及少游就柔软起来，气氛瞬间伤感了。没错，少游确实写了不少哀艳之词，但也不妨碍他那些生气勃勃的诗作熠熠生辉啊！

张耒

😊 真不明白后人为啥要叫少游"情歌王子"，人家明明精通兵法，策论也很赞，很Man的一个人——唉，都怪那首《鹊桥仙》写得太过传神，他绝对是被言情作品耽误的军事人才。

冬梅

不愧是"苏门四学士"，果然私交甚笃。据说，东坡居士对秦老师格外厚爱，甚至有点宠溺呢！

西枚

那必定是秦老师身上有很能打动人的地方，让我们一起找找看！

评论　　　　　　　　　　　　　　　　😀　发送

好友介绍

 晁补之（1053—1110年），字无咎，号归来子。北宋文学家。著有《鸡肋集》。

 张耒（1054—1114年），字文潜，号柯山。北宋文学家。著有《柯山词》《张右史文集》等。

 今日课堂推荐诗词

还自广陵[1]

[宋] 秦观

天 寒 水 鸟 自 相 依[2],

十 百 为 群 戏 落 晖[3]。

过 尽[4] 行 人 都 不 起,

忽 闻 水 响 一 齐 飞。

 注释

[1] 这是作者从广陵回家乡高邮的路上写的诗。广陵，现在的江苏省扬州市。

[2] 相依：挤在一起。　　[3] 落晖：西下的阳光。

[4] 过尽：走完。

译文

大冷天里，水鸟为了暖和挤在一起，十几只几百只一起，在快要落山的太阳光下游戏。

路上的人走来走去，它们都不躲开，忽然听到水里哗啦一声响，它们吓了一跳，"轰"的一下一齐飞了起来。

冬梅

这诗写得好有画面感啊！意思不难理解，却忍不住反复吟哦、反复回味，这就是诗趣吗？

包子老师

冬梅，你成熟了。有水平的诗人都是平凡之处见真章。身为"婉约派一哥""宋一代词人之冠"，秦老师除了写词有一手，作起诗来也不遑多让。本诗的最大亮点便是**动态、声态同步进行，丝丝入扣**。动态上，先是水鸟安静地"自相依"，然后"戏落晖"，最后喧动着"一齐飞"。声态上，由安静的"自相依"，到轻响的"戏落晖"，最后是骤响的"一齐飞"，全诗意境被推向高潮。冬梅说的画面感就是这么来的。

西枚

群鸟在秦老师的镜头下，展现出自然的本色和生命的意趣，灵动到不给人走神的机会。

秦观

本来只是顺路看到的一幕，想到苏老师总劝我看待事物要乐观一些、阳光一些，而这派早春群鸟戏水的景象刚好触动了心弦，那就写下来吧，毕竟当时的塞心事不少，这群鸟让我暂时忘记了烦恼。

包子老师

前两句的"寒"与"落晖"，一冷一暖，写出了体感，好似身临其境；水鸟百十只，有的相互挤在一起取暖，有的在夕阳中互相游戏，有动有静，动静结合，却并未让人觉得割裂，而是浑然一体。

秦观

你们分析得好精细。我当时的想法很单纯，就是用**白描手法把画面如实记录下来**，至于其中的情感嘛——你若懂我，该有多好；你若不懂，我也不怪。

包子老师

怎会不懂？感情全在最后两句呢！行人走来走去，水鸟受到干扰，忽听到水里哗啦一声响，全部吓得飞走了，整个世界立马又安静下来。春色在经历由静到动再到静的过程后，显得更加生动迷人了。您沉醉于大自然的丰美馈赠中，视觉、听觉无不流连忘返吧？

冬梅

明明很普通的场景，经秦老师的妙笔点染，呈现出令人惊叹的效果。

包子老师

我还有一个发现，分享给大家。唐宋两朝的诗人在创作理念方面有着较为明显的区别，唐诗呢，以抒情为主，而宋诗更侧重论理，但本诗显然是受到唐诗的影响，仍以抒情为主，并未刻意融入理趣。

秦观

估计是本人性格所致，过于多愁善感了。优点是用情极深，不含杂质；缺点是极易沉溺，不够洒脱。空长了五大三粗的样貌，内心的抗打击能力却有待提升。

冬梅

我们从不以貌取人，爱的是您细腻感性的精神世界。

西枚

您永远都是我们心中的"山抹微云君"。

课后小结

< 发现　　　　　　　**包子圈**　　　　　　　**• • •**

 包子老师

古人写诗，动静结合、以静衬动是常规操作，像秦少游的这种**动态和声态同步**、**丝丝入扣**的写法却少见，**极简的白描**搭配"动""声"双轨设计，便勾画出惟妙惟肖、趣意盎然的画面，不简单啊！ 😊

♡　　　　　

 苏轼

坊间猜测得没错，我对"山抹微云君"确实青眼有加。他的诗写得秀丽有余，但气魄较弱。可就因这份"弱"，反而惹人怜爱。

 黄庭坚

回复苏轼：苏学士，您这样赤裸地表白，就不怕别的学子吃醋吗？我们也是兢兢业业听从您的教导，跟随您的步伐啊！当然啦，争不过少游也属正常，有的人就是天生路人缘佳！ 😂

 秦观

回复黄庭坚：黄师兄才是完整继承了苏老师那份难得一见的从容豁达。人啊，往往是缺什么想什么。

 晁补之

回复秦观：你俩别开小会啊！"四学士"虽是一个整体，但各有其美，且美美与共，都自信点！

 冬梅

这样的朋友圈太让人销魂了。😍

 西枚

要么说，朋友的质量决定你人生的质量。

55

无心插柳的养殖学家

秦观空有才华，运气不足，连续两次科考都榜上无名。落榜回家途中，他路过山东兖州，见到当地人采桑喂蚕，忙得不亦乐乎。自古以来，南方蚕业就明显落后于北方。作为南方人的秦观，借此机会一边调研一边思索，计划撰写一本蚕业专著，对以兖州为代表的北方养蚕和缫丝技术做一次全面的总结，以帮助家乡的蚕农学习和改进技术。

经过一番缜密的调研，秦观利用赋闲在家的时间完成了中国历史上第一部系统全面的蚕业专著——《蚕书》。虽名为"书"，实际上也就千余字，却具有较高的科技含量和实用价值，不仅系统阐述了多回薄饲的养蚕技术和方法，还提出了缫丝工艺的技术要求以及缫丝车的重大改进意见，对南方地区的蚕业起到了极大的指导作用。

据《宋会要辑稿》载，北宋末年，淮海东路，亦即苏北和苏中地区，作为税收上交的丝绵位居全国第五，作为贡品上交的高级丝绸位居全国第二。这样斐然的成绩，秦观的贡献功不可没！

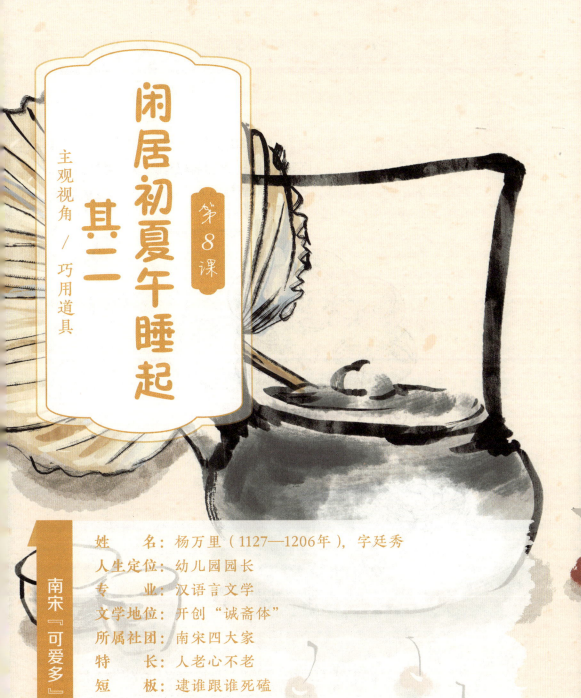

闲居初夏午睡起 其二

第 8 课

主观视角 / 巧用道具

南宋『可爱多』

姓　　　名：杨万里（1127—1206年），字廷秀
人生定位：幼儿园园长
专　　　业：汉语言文学
文学地位：开创"诚斋体"
所属社团：南宋四大家
特　　　长：人老心不老
短　　　板：逮谁跟谁死磕
爱　　　好：饮浓茶、喝烈酒、吃腌肉、嗜甜食
工作经历：宝谟阁直学士
自我评价：来吧，朋友，一起读诚斋，读一次治愈一次

课前通知

< 发现　　　　　　　　　　包子圈　　　　　　　　　　...

 包子老师

一到夏天，"懒癌"准时发作，整日眼昏昏，一半儿微开一半儿盹。得做点提神的事儿——对了，听说杨万里老师一入夏就才思泉涌，写出来的小诗既别致又灵动，最是解暑良方。干脆就请他来做今天的"一日客座教授"，一起读诗消暑吧！

 杨万里

想消暑——找我就对了！可回家一整理，发现忙忙碌碌大半生居然写了这么多关于夏天的诗作，一时竟不知拿哪首出来献丑了！你们是喜欢观景还是赏物呢？

陆游
回复杨万里：杨兄，人家都请你做教授了，还不露点真本事？什么景啊物的，搞这么含蓄，必须是"诚斋体"的代表作，大家最爱看的就是你笔下饶有趣味的"生活秀"！

朱熹
夏日炎炎，最珍贵的无非是凉意，最匹配的无非是诗意。这份清凉的诗意中，必然少不了诚斋的一笔。

范成大
回复杨万里：还有什么可犹豫的吗？现成的应景之作——《闲居初夏午睡起》，必须安排！

西枚
抢占第一排！！

冬梅
安排安排，已经迫不及待！

评论　　　　　　　　　　　　　　　　　☺　　发送

好友介绍

范成大（1126—1193年），字致能，一字幼元，早年自号此山居士，晚号石湖居士。素有文名，尤工于诗，今有《石湖词》等传世。其书法也有很高造诣，与张孝祥并称南宋前期书法两大名家。

59

闲居初夏午睡起·其二

[宋] 杨万里

松阴一架半弓苔，
偶欲看书又懒开。
戏掬清泉洒蕉叶，
儿童误认雨声来。

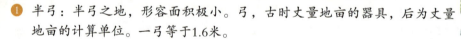

注释

❶ 半弓：半弓之地，形容面积极小。弓，古时丈量地亩的器具，后为丈量地亩的计算单位。一弓等于1.6米。

❷ 掬：两手相合捧物。

译文

松阴之下长着半弓的草苔，想看书可又懒得去翻开。

百无聊赖中掬起泉水去浇芭蕉，那淅沥水声惊动了正在玩耍的儿童，他们还以为骤然下起雨来。

冬梅

话说我就喜欢杨老师这种接地气儿的诗人。你们看，就算一个注解都没有，也不影响今人阅读理解。什么叫"喜闻乐见"？什么叫"脍炙人口"？就是"诚斋体"的样子！

西枚

"戏掬清泉洒蕉叶，儿童误认雨声来"——怎么会有这么清新可爱的文字？据说这些捕捉生活细节的诗作都是杨老师晚年的作品。真是人老心不老啊！

杨万里

我早期的创作可不是这样的。当时圈子里流行"江西诗派"，一眼望去大家都在效法唐诗气韵，我也跟风写了好一阵子。也许是翻不出新意了，加之人过中年有了更多感悟，再看旧作，甚觉无趣，索性将半生诗作付之一炬……

冬梅

啥！半生的心血就这么毁于一旦？

包子老师

冬梅莫慌！你们不知道有个词叫"不破不立"吗？杨老师是从头再来，从王安石的七绝入手，将晚唐绝句温故知新，一次次跋山涉水、寻幽探险，激发创作灵感……就这样，**讲究"活法"的"诚斋体"**应运而生，我们才有幸看到这些捕捉稍纵即逝的情趣，用幽默诙谐、平易浅近的语言写出的诗作啊！

西枚

结合之前读过的"诚斋体"，我发现杨老师特别喜欢亲自"出镜"，以**主观视角**去描摹令自己心动的日常片段。这首也是。前两句的静态描写是为了衬托后两句的动态描写，用成人的闲散对比孩童的烂漫，点明了初夏午睡醒来由无聊转向有趣的分水岭。

61

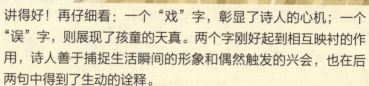

包子老师

讲得好！再仔细看：一个"戏"字，彰显了诗人的心机；一个"误"字，则展现了孩童的天真。两个字刚好起到相互映衬的作用，诗人善于捕捉生活瞬间的形象和偶然触发的兴会，也在后两句中得到了生动的诠释。

西枚

然后，整个画面就动了起来，自然而然融入声音，平添了活泼之意、清凉之感。

杨万里

你们吃透了老夫这颗不死的童心啊！

冬梅

松阴、青苔、书本、芭蕉、雨滴——**这样的置景、这样的道具、这样的视角**，诚斋先生若能穿越到今天，必定是一个好编剧、好导演！

包子老师

艺术的领域，诗意是相通的啊！

西枚

这就是细节的魅力！包子老师常说，生活从不缺少美，而是缺少发现美的眼睛。杨老师就是慧眼独具，捕捉到生活中的诸多细节，再娓娓道来，让人读来不但不觉得自己离诗很远，反而可以从他的诗句中感受到生活的情致、体悟到人生的理趣。

杨万里

小题大做不就是这个样子嘛！

 课后小结

 包子老师

这节课我们一起温故了**讲究"活法"的 "诚斋体"**，再次见证了何为"源于生活 而高于生活"的艺术创作。当然，你首 先要成为一个有趣的灵魂，拥有一双能 够看透平凡的慧眼，如此，方能发现深 藏于貌不惊人的素材中那些动人的意蕴。

 陆游

文章有定价，议论有至公。我不如诚斋，此评天下同。

 范成大

取材到位，构思新颖！读诚斋诗如沐春风，为之一振，原来生活如此美好 可爱！

 朱熹

最为感佩的就是杨兄当年将半生心血付之一炬的壮举，这是破釜沉舟，也 是胸有成竹。自成一派，当之无愧！

 杨万里

若老夫笔下这些生活琐事尚能引得诸位一笑，也算对得起当年烈焰焚稿的 "壮举"了。

 西枚

在法度森严、几成定式的诗歌创作中，敢于创新，还能创成，这是很不容 易的事情——诚斋先生做到了。

 冬梅

我可以说，我真心羡慕杨老师笔下的那些孩童吗？

最浪漫的潜台词，你听懂了吗？

爱荷花，杨万里是认真的。翻遍其诗作，发现荷花就是他的缪斯，其中最出彩的一首便是《晓出净慈寺送林子方》。

林子方是杨万里的挚友，当时二人同在杭州做官，西湖边没少留下他们倾心畅谈的足迹。不久，林子方被调往福州做官，自觉前途无量，喜不自胜。持重老成的杨万里却不这么想，认为只有守在天子脚下方能有所作为，但又不好直言相劝，就借景抒情写了这首送别诗：

　　毕竟西湖六月中，风光不与四时同。

　　接天莲叶无穷碧，映日荷花别样红。

诗文很美，却深藏玄机："西湖"指的是南宋首都临安，"六月中"意指朝廷；"风光不与四时同"是说中央和地方不一样；"天""日"都指天子；"莲叶""荷花"则指林子方；"无穷碧""别样红"，意思是前途大好。杨万里是想劝告好友：只有不远离权力核心，才能有所作为。谁知林子方读后大赞一声"好诗"，就兴高采烈地赴任去了……杨万里只能黯然"呵呵"，一叹了之。

当然，能用心爱之花来比喻朋友，足见杨万里确是性情中人。

点绛唇·蹴罢秋千

动作的分解式 / 文字的镜头感

第 9 课

知性拉满的自信女神

姓　　名：李清照（1084—约1155年），号易安居士
人生定位：千古第一才女
专　　业：汉语言文学、金石学
文学地位：宋词一姐
特　　长：填词、鉴宝、怼人
短　　板：毒舌
爱　　好：喝酒、赌书、收藏
工作经历：书画金石的搜集整理
自我评价：姐就是女王，自信放光芒

包子老师

荡秋千是Pose最美的户外运动，不接受反驳。古时，它是人气最旺的闺阁游戏，闺秀们个个衣袂飘飘、裙裾飞扬，说是天外飞仙也不过分啊！让我想想，谁的秋千荡得最美来着？对了，有请"千古第一才女"李清照李老师担任今天的"一日客座教授"。

 赵明诚

若论女子户外运动的旗手，吾妻清照称第二，就没人敢称第一。她的成名作《如梦令·常记溪亭日暮》就记录了一次别开生面的划船经历，一句"争渡，争渡，惊起一滩鸥鹭"，要画面有画面，要音效有音效。😋

66

李清照
年轻真好，就算寻常小事做起来，也能生发出那么多浪漫多彩的感慨。

张择端
回复李清照：表嫂奇女子也，倘若也通丹青，把您笔下那些清新可爱的少女往事勾勒出来，想必自成一家呢，让后人也能领略一下我们大宋女子的别样风情。

李格非
我这个女儿是比一万个男儿都强呢！

西枚
静若处子，动若脱兔——要重新认识"千古第一才女"清照老师了。

冬梅
我更关心怎样才能成为知性美女！

评论　　　　　　　　　　　　　　　　☺ 发送

好友介绍

赵明诚（1081—1129年），字德甫（一为德父）。宋代金石学家、藏书家、官员。宰相赵挺之之子，李清照之夫。

张择端（1085—1145年），字正道，又字文友。北宋画家之一，代表作《清明上河图》。赵明诚表弟。

李格非（约1045—约1105年），字文叔。北宋文学家，李清照之父，苏轼的学生。

 今日课堂推荐诗词

点绛唇·蹴罢秋千

[宋]李清照

蹴罢秋千，起来慵整纤纤手。
露浓花瘦，薄汗轻衣透。
　　见客入来，袜刬金钗溜。和羞
走，倚门回首，却把青梅嗅。

 注释

① 蹴（cù）：踏。此处指荡秋千。　② 慵：懒，倦怠的样子。
③ 袜刬（chǎn）：这里指跑掉鞋子以袜着地。
④ 金钗溜：指快跑时首饰从头上掉下来。
⑤ 倚门回首：靠着门回头看。

译文

　　荡完秋千，慵倦地起来整理一下纤纤素手。瘦瘦的花枝上挂着晶莹的露珠，花儿含苞待放，因荡过秋千涔涔香汗渗透着薄薄的罗衣。

　　忽见有客人来到，慌得顾不上穿鞋，只穿着袜子抽身就走，连头上的金钗也滑落下来。含羞跑开，倚靠门回头看，明明看的是客人却要嗅嗅门前的青梅来掩盖。

冬梅

好词！易安居士不仅写出了少女动态的美感，更写出了那种小鹿乱撞的豆蔻心思。"才女"的名头实至名归！

包子老师

冬梅体会得相当精准。那你能不能指出心理描写出现的具体位置？

 冬梅

没问题——呃！我明明能感受到那种既好奇又紧张的少女情怀，怎么又找不到具体文字了呢？怪哉！

包子老师

当然找不到，因为词人压根儿就没进行直接描写，而是通过一系列动作描写来凸显内心活动的。

 冬梅

原来如此——那就很好找了，下片内容不就是少女乍见来客的情态变化吗？

 西枚

她感到惊诧，来不及整理衣装，急忙回避，都来不及穿鞋，只穿着袜子走路。头发也松散下来，金钗滑落坠地——我猜，来客必定是位翩翩美少年吧！若是个彪悍大叔，估计易安居士根本没心情多看一眼。

 李清照

唐人韩偓写过一首《偶见》："秋千打困解罗裙，指点醍醐索一尊。见客入来和笑走，手搓梅子映中门。"因为题材相仿，后人常拿来与我这首相比较。我不否认创作时有所借鉴，但呈现出来的气质是截然不同的。同学们不妨细品品。

包子老师

没错。唐代世风通达，女子言行相对开放。"解罗裙""索一尊""和笑走""搓梅子""映中门"，都可看出少女的率真与大胆。反观易安这首，"和羞走"三字对少女的内心活动做了精确的诠释。更妙的是，这极精湛的"倚门回首"四字描绘了她怕见又想见、想见又不敢见的微妙心理。结果，只好借"嗅青梅"这一细节作以掩饰，以便能偷看来客几眼——一颗灵动的少女之心昭然若揭。在为师看来，韩偓的诗亮眼出挑，易安的词则暗香浮动，更具余味。

 西枚

整首词像一个长镜头，再细化成若干分镜头，把少女蹴罢秋千的后续通过动作描写徐徐展现开来，给读者以极大的想象空间，确实比直接抒情来得高妙。

包子老师

关于动作描写，我再延伸一下。把**一个大动作肢解成若干小动作**，选择合适的动词细致描绘，串联动作使得文字具有镜头感，人物形象也随之丰满起来。将动作分解，运用一组动词去描写一连串动作，会使动作呈现得更立体，表达效果也会更生动。此外，相较于诗，词的容量更大，有助于展现事件的情节性，也具有更高的文字"可玩性"。

 李清照

再给大家提个醒。我在《词论》[①]中提出"词'别是一家'"，与诗有着严格的分野，创作时一定要配合词牌所对应的曲调，要有朗朗上口的韵律感。所以鉴赏词的时候，大可不必与诗放在一起比较，二者的美学形式和特点还是差别很大的！

 冬梅

真是可惜啊，那么多凄绝美艳的词牌曲调已经失传，否则如此清丽婉转的歌词唱出来，要多动听有多动听！

---

① 《词论》是李清照所著的一篇关于词的专论文章。强调了词与诗的分野，以及词配合词牌所对应的曲调演唱的重要性，并在对先前各家的评价中，系统阐述了优秀词作的标准。

课后小结

 包子老师

这节课我们见证了一幕浪漫唯美的少女日常。上片以静写动，勾勒出天真烂漫的少女形象；下片分两个层次曲写少女的情态和内心，就视觉效果来说，仿佛一幅工笔仕女图。本词通篇叙事写人，在宋词中是极为少见的。

♡

 冬梅
清照老师的《词论》见解独到，却将前辈的作品一番辣评，不怕被人吐槽"毒舌"吗？

 李格非
这丫头样样都好，就是有点一根筋，常让别人下不来台。

 赵明诚
回复李格非：岳父大人多虑啦！清照的实力搁那儿摆着呢，哪个不服，只管来辩！

 张择端
回复赵明诚：表哥实力宠妻，羡煞旁人！🌹

 李清照
回复李格非：清照对事不对人。就说欧阳永叔吧，绝对是做学问的大家，作这些小歌词本应信手拈来，却往往不协音律。但这并不影响我钟爱他的那首《蝶恋花》，并用其语作"庭院深深"数阕。毕竟人无完人嘛！😊

 西枚
回复李格非：李大人想多了。在男性主宰文坛的时代，一介女流敢于发出一己之见，可见她内心之强大，说不定清照老师很享受那种独孤求败的爽感呢！

71

赌书消得泼茶香

李清照夫妇同为读书爱好者、藏书发烧友，每次饭后一起烹茶，两人就用抢答的方式决定饮茶的先后：一人提问某典故出自哪本书，哪一卷的第几页、第几行，对方答中便可先饮。李清照记性好，常常胜出，却因太过开心，反而将茶水洒了一身。"赌书泼茶"的典故由此而来，传为佳话。

几百年后，清朝大才子纳兰容若在一个秋日残阳的午后，追忆起故去的妻子，联想到李清照夫妇赌书泼茶的温馨场景，不禁黯然神伤，写下一首《浣溪沙》，以寄托哀思，其中下片提到的"赌书消得泼茶香"，指的就是这一典故。

第10课 登咸阳县楼望雨

借景抒情 / 设喻奇巧

吞噬鬼中的『战斗机』

姓　　名：	韦庄（约836—910年），字端己
人生定位：	注册精算师
专　　业：	汉语言文学
文学地位：	花间派代表词人
特　　长：	省！省！省！
短　　板：	抠！抠！抠！
爱　　好：	节衣缩食
工作经历：	五代时期前蜀宰相
自我评价：	为了钱，可以不要命

课前通知

< 发现　　　　　　　　　　　包子圈　　　　　　　　　　　···

 包子老师

发挥雨天的最大价值——免费洗车啦，顺便也给自己冲一把！突然想到韦庄的一首关于雨天的诗作，不过我更欣赏的是他和我一样的节俭意识。话不多说，有请今天的"一日客座教授"——花间派代表词人韦庄。抱歉，同学们先自由活动，我得去买点感冒药。

♡　　

 韦庄

学到了，学到了！以后下雨，我不能光顾着赏景了，得把被褥、衣服、鞋子什么的拿出来洗洗刷刷，可不能浪费了如此实惠的水资源。

74

温庭筠
有一说一，韦弟虽在生活上小气了点儿，但文学造诣还是很高的，堪称我们花间派的门面啊！

 贯休
回复韦庄：给韦弟提个建议，凡事讲究适可而止，节俭固然值得提倡，也要适度，不能苦了自己和家人啊！

 王建
回复韦庄：我说小韦啊，你节俭至此，有作秀嫌疑哟，不是在变相向我要求加薪吧？

 西枚
什么情况？都把我说糊涂了。"下雨"和"节俭"有什么必然联系吗？

 冬梅
铺垫得我已经抓狂了，包子老师回没回来啊，赶快开课！

评论　　　　　　　　　　　　　　　　　☺　发送

好友介绍

 温庭筠（约801—866年），本名岐，字飞卿，又作庭云、廷筠，因貌丑，号温钟馗，世称温方城、温助教。唐初宰相温彦博后裔，晚唐诗人、词人，被尊为"花间词派"之鼻祖，与李商隐齐名，时称"温李"。

 贯休（832—912年），字德隐，俗姓姜氏。能诗善书，又擅绘画，是晚唐五代诗僧群体的代表人物，在中国文学史上具有举足轻重的地位。

 王建（847—918年），字光图，小字行哥，是前蜀的开国皇帝。

 上课啦！

 今日课堂推荐诗词

登咸阳县楼望雨

[唐] 韦庄

乱 云 如 兽① 出 山 前 ，
细 雨 和 风 满 渭 川② 。
尽 日③ 空 濛④ 无 所 见 ，
雁 行 斜 去 字 联 联⑤ 。

 注释

① 乱云如兽：空中的积云，下雨前变幻无穷，有的像奇异的怪兽。
② 渭川：渭河，是黄河的支流，它发源于甘肃省，流入陕西省，经过咸阳城外后会径水，在陕西、河南交界处入黄河。
③ 尽日：整日，整天。
④ 空濛：迷蒙，迷茫，这里指雨丝不断，远眺景物迷茫。
⑤ 字联联：指雁群一会儿变"人"字形飞行，一会儿变"一"字飞行。

译文

乱云就像猛兽奔涌出山前，细雨和风洒遍了渭河河川。
终日阴雨蒙蒙什么也不见，几行归去的雁就好像字联。

76

冬梅

开篇就是群魔乱舞，气氛一下就烘托起来了。把乱云比作兽，这也太形象、太贴合了吧……

西枚

瞬间就把乌云的变化和狂奔的速度给描绘出来了，相当逼真，画面的冲击感也超强，这韦公怕不是个画家吧！

韦庄

嘿嘿，画家不敢当，毕竟绘画所需的那些颜料、画笔、纸张我可舍不得买。

冬梅

不必有硬件加持，仅靠文字就把最生动的场景给我们描绘出来了，如临其境。所以，您就是"画家"。

包子老师

没错，这就是设喻新巧的效果，文字化身画笔带给读者一场视觉盛宴。接下来，我们继续观看韦画师又给我们描绘了哪些景象。

西枚

雨虽不大，但因是"和风"而来，所以弥漫了渭水两岸。一个"满"字把渭水两岸细雨迷蒙的景象勾勒无遗。

冬梅

紧接着，"尽日"二字写出了降雨时间之长，而"空濛无所见"则氤氲出了雨景的迷茫。

包子老师

说明一下，这个"无所见"是指没有一样具有生气的景物、没有一样令人欢心的事。一切全是灰蒙蒙的，灰蒙蒙的天、灰蒙蒙的地。故而，此情此景将韦画师内心之空荡展现得淋漓尽致。

韦庄

包子老师不但与我金钱观一样，还如此懂我，这个朋友我交定了！

 西枚

单调而灰蒙的空中飞来一行归雁，传来雁鸣声声，凄凉之景昭然若揭。

包子老师

没错。"雁行斜去字联联"一句烘托出周遭气氛的凄凉，更反衬出"画师"感情上的凄苦。如此，这首诗就不只是一首写景诗了，而是蕴藏着丰富的情感。

 冬梅

"画师"**借景抒情、设喻描绘**的技巧真是高明。

 韦庄

今天没花一分赞助费就获封"画师"称号，还意外交到三两知己，超值！

包子老师

您用饱蘸色彩的"画笔"将雨景描绘得栩栩如生，还借此抒发了自己久居他乡的愁苦，同时也流露出您对现实衰微的慨叹，实在是佩服佩服——阿、阿、阿……嚏……

 韦庄

包子老师，你还撑得住吗？我不奢望讲课费，只求来时的路费能报销一下……

课后小结

<发现　　　　　　　　　　包子圈　　　　　　　　　‥‥

包子老师

这是一首描写雨景的小诗。诗人**设喻新巧**，描写别致，联想丰富，不仅为我们描绘出风起云涌、雨洒渭川、天边归雁等景象，还借此抒发了自己久居他乡之愁苦，同时也流露出对现实衰微的慨叹，所以"诗人画家"的称谓，韦老师当之无愧。放心，韦老师，这个称谓是免费的。😊

❤　

韦庄
先给包子老师点个赞，路费红包已收到。我还有不少这样别致的小诗可以分享给大家，随叫随到啊！😊

温庭筠
回复韦庄：世人都说我是"音乐高手"，现在你又成了高明"画师"，看来咱俩又可以携手纵横艺术圈了。

贯休
回复韦庄：韦弟的才华没的说，就是这抠抠搜搜的性格能不能稍微改观一下呢？实在是有失风雅。😊

冬梅
人无完人。如果韦老师能持续输出这样出色的诗作，我一点不介意他是"吝啬鬼中的'战斗机'"！🌹

西枚
只要韦老师不吝惜才华，我也不介意。🌹

79

有一种"吝啬"叫韦庄

韦庄的一生可谓把"吝啬"二字做到了极致。

虽系名门之后，但韦庄出生后，已是家道中落，基本就是赤贫状态。他在仕途上也不顺遂，大好年华都用来读书应试，却屡试不第。直到六十岁，他才考中进士。由于前半生都挣扎在温饱线上，韦庄不得不养成简朴的习惯。谁知境遇有所好转后，节省的程度却变本加厉，甚至达到极为吝啬的地步。

李昉在《太平广记》中引述了这么一件事：做饭时，韦庄恨不得按粒数米，烧火时还要用秤量着木柴用，厨房储存的肉少了一丝都能立刻发现……更令人哭笑不得的是，韦庄有个儿子，因为体弱多病，八岁那年就死了。妻子知道丈夫的那副熊样儿，就让儿子穿着平时的衣服下葬。可就是这点小小的"奢求"，韦庄也不肯通融，还言之凿凿：死人何需盛装？太浪费了。说着亲手将衣服从儿子身上扒下来，用一张旧席子包住儿子的遗体裹了出去。最让人大跌眼镜的是，葬礼结束，他竟然又把那张破席子拿了回来……作者在最后说道："其忆念也，呜咽不自胜，唯悭吝耳。"意思是，韦庄思念儿子的心还是很悲切的，不停地呜咽流涕，他只不过是有点吝啬罢了……不知这话是同情，还是揶揄呢？

再加两粒米！不能再多了！

鄂州南楼书事

创五感写作 / 仿唐诗气韵

倔强中见姿态

姓　　名：黄庭坚（1045—1105年），字鲁直

人生定位：百姓调解员

专　　业：汉语言文学、书法

文学地位："江西诗派"开山鼻祖

所属社团：宋四家、苏门四学士

特　　长：草书、行书

短　　板：直性子

爱　　好：交友、美食、调香、养宠

工作经历：太平州知州、中书舍人

自我评价：没有顺心的生活，只有看开的人生

< 发现 　　　　　　　　　包子圈　　　　　　　　　 · · ·

 包子老师

吹着空调，吃着雪糕，还是抵挡不了热浪滚滚。都说心静自然凉，让我想想，谁笔下的夏夜最清凉？对喽对喽，贬谪武昌的黄庭坚在某个盛夏之夜，独得清风明月，独享湖光山色，自成人间主人……有请今天的"一日客座教授"——"江西诗派"的开山之祖黄庭坚黄老师，和大家分享一下消暑心法。

 黄庭坚
经历多了，也看淡了。说白了，人生过得自己爽才最重要！就好比这炎炎烈日，你拒绝不了，那就接受吧，能找到欣赏它的角度也不错哟！

苏轼
回复黄庭坚：不愧是我苏门的学士，身处逆境，尚能保持淡定从容，感受生活之美，为师很是欣慰。😄

晏几道
回复苏轼：😠 苏子瞻，你可别说话了，鲁直这一路连滚带爬，还不是拜你所赐？不过，在我看来，是官场配不上他黄庭坚。

文彦博
不要吵，不要吵，人生起起伏伏很正常。这年头，不摔几个跟头贬到地方挂个职，都不好意思混圈子！子瞻、鲁直，最近你俩都被贬到哪里去了？要不要找个中间地带，大家见个面，叙叙旧？

西枚
怎么感觉晏几道好像很嫌弃苏学士的样子，我是吃到"瓜"了吗？

冬梅
别的先不说，包子老师，上课前能开下空调吗？

评论　　　　　　　　　　　　　　　😀　[发送]

好友介绍

晏几道（1038—1110年），字叔原，号小山。宋代著名词人，被冠以北宋词坛写小令"第一人"，正因其创作，小令才能成为日后流行的词调体式之一。宰相晏殊之子。

文彦博（1006—1097年），字宽夫，号伊叟。北宋政治家、书法家。

83

鄂州[1]南楼书事

[宋] 黄庭坚

四顾山光接水光,

凭栏十里芰[2]荷香。

清风明月无人管,

并[3]作南楼[4]一味凉[5]。

注释

① 鄂（è）州：在今湖北省武汉、黄石一带。
② 芰（jì）：菱角。
③ 并：合并在一起。
④ 南楼：在武昌蛇山顶。
⑤ 一味凉：一片凉意。

译文

　　站在南楼上倚着栏杆向四周望去，只见山光、水色连在一起，辽阔的水面上菱角、荷花盛开，飘来阵阵香气。

　　清风明月没有人看管自由自在，月光融入清风从南面吹来，使人感到一片凉爽和惬意。

84

冬梅

这诗句太有魔性了，我感觉自己也仿佛登上南楼乘凉来了。

西枚

代入感好强！开篇就是诗人的所见所闻，短短两句便把诗情画意带出来了。

包子老师

满眼湖光山色，平铺十里荷香，这是诗人登上南楼极目远眺的第一感受。如此夏夜，起笔便是高远辽阔，给人一种通明之感。

黄庭坚

我们那时可没有电扇、空调，能有把结实的蒲扇就不错了。最热的时候，也就是寻一处庇荫临水之地站上一会儿，还不能太久，那个蚊虫叮咬呀……别提了，我只是没写出来而已。

西枚

多亏您没写出来，不然太煞风景了。您看，一句"清风明月无人管"多生动啊，我马上就想到四个字——无拘无束。

黄庭坚

唉，说出来都是泪。你们也知道，本人仕途坎坷，贬官蜀中六年之久，好不容易被召回，没想到当年又被罢官，这衰运也是没谁了，就差把"失败"二字写脑门儿上了。

西枚

明白了。您是看到清风明月无拘无束，联想到自身处处受阻，从而滋生怅恨之情。

冬梅

哎呀，本来品鉴此诗是为了解暑，谁知竟是在揭黄老师的伤疤——太抱歉啦！

黄庭坚

言重了。我早就放下了，不会再像以前那样执着了，也正因如此，方能感受到真正的凉意与宁静。这是自省后的从容啊！

包子老师

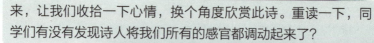
来，让我们收拾一下心情，换个角度欣赏此诗。重读一下，同学们有没有发现诗人将我们所有的感官都调动起来了？

 冬梅

还真是，山光、水光、月光，是视觉感触到的；芰花、荷花之香，则来自嗅觉。

包子老师

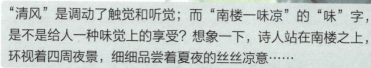
"清风"是调动了触觉和听觉；而"南楼一味凉"的"味"字，是不是给人一种味觉上的享受？想象一下，诗人站在南楼之上，环视着四周夜景，细细品尝着夏夜的丝丝凉意……

 黄庭坚

没想到包子师徒不但同理心强，感受力还如此敏锐。

包子老师

不是我们敏锐，是您的笔触灵动。总之，读者的视觉、嗅觉、听觉、味觉、触觉种种功能，统统被调动起来，共同参与对南楼夜景的感觉、领略、体验，由此构成一个富有立体感的艺术境界。这便是作品的艺术魅力，诗人的艺术追求了。

 西枚

等等，等等，我好像想到了什么——

 冬梅

这不就是我们常说的"五感写作法"嘛！

课后小结

< 发现　　包子圈　　···

包子老师

诗人立足南楼，对远处近处、天上地下的景象均做了描绘，并且从人的视觉、嗅觉、听觉、味觉、触觉功能出发，调动了读者的感受，使之身临其境，感受到南楼的凉意。值得一提的是，黄老师此作并无宋诗的理趣，反倒很有**唐诗的风韵**，这恐怕与“江西诗派”崇尚杜甫之风不无关系。

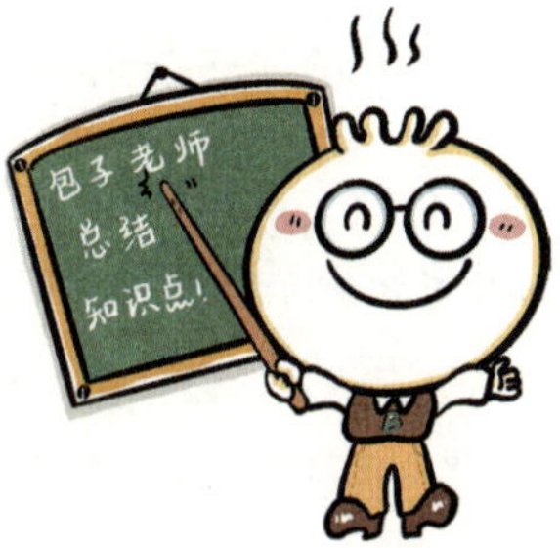

黄庭坚

实话讲，本人作诗讲究规范，匠气有余，才情不足，有时忽视了文艺最本质的东西，这也是我一直欣赏追随苏学士的原因，无论为人为文，在我心中，苏东坡都是第一！第一！第一！

苏轼

回复黄庭坚：哎呀，和你说过多少遍了，以后这种话咱们私下说，不然很容易就刺激到某些人。

晏几道

回复苏轼：苏子瞻，你内涵谁呢？没错，你的才华我们确实学不来，但你门下的弟子能有“江西学派”的零头多吗？鲁直提出的“点铁成金”“夺胎换骨”这些诗学理论可操作性强、便于学习，能够真正帮助学子科考上岸，这才是造福苍生。

西枚

我猜得没错吧，赶紧去扒一扒苏学士和晏几道的“瓜”。

冬梅

回复西枚：“吃瓜”别忘了带着我啊！

蛤蟆与蛇

众所周知，苏轼和黄庭坚亦师亦友，时有唱和，也常常切磋书法。

一次，黄庭坚在家写了几张草书作品，自我感觉良好，打算请苏轼点评一下。谁知苏老师阅后沉吟片刻，对黄庭坚说："鲁直啊，你近来写的字虽显清劲，但不觉得有时写得太过消瘦，就像挂在树梢上的蛇吗？"黄庭坚有点蒙圈，思忖片刻回怼："老师的字我不敢妄加评说，但有时也觉得很是肥扁，像是被压在石头底下的蛤蟆。"二人相视大笑。

身为师长，苏轼不仅在文学上引领黄庭坚，书法上更是对学生颇多指点。黄庭坚继承了苏轼的尚意书风，也加入了个人的理解和演绎。师徒二人彼此成就，都成了闻名遐迩的书法大家，与米芾、蔡襄合称"宋代书法四大家"。黄庭坚曾谦虚地表示："与老师同时学颜真卿，但我的手比老师笨拙，怎么都学不好。"而对比师徒二人的墨迹，结字笔法、章法都颇为神似，甚至苏轼的很多字帖都被误认为黄庭坚代笔。

其实，作为充满个性化的书法艺术，是没法客观评定优劣的，各具特色而已，苏轼以行书见长，而黄庭坚的草书非常能打，都是中国书法史上不可多得的瑰宝。

第12课

赠花卿

化无形为有形 / 一语双关

『凄惨』代言人

姓　　名：杜甫（712—770年），字子美
人生定位：以天下为己任
专　　业：汉语言文学
文学地位：诗圣
特　　长：洞悉现实，炼字精到
短　　板：悲观
爱　　好：户外运动、制药、行医
工作经历：左拾遗、华州司功参军
自我评价：羁旅半生，比惨我还没输过

课前通知

< 发现 　　　　　　　　　　包子圈　　　　　　　　　　 **...**

 包子老师

熟悉我的同学都知道，为师是如假包换的国乐发烧友。音乐的力量神奇而伟大，而且特别治愈。今天，我怀着无比激动的心情请来了心中的偶像，看看身为大师的他，如何仅用文字便能展现出音乐的奇伟瑰丽。欢迎"一日客座教授"——"诗圣"杜甫杜教授莅临我们的诗词直播课！

 杜甫

不敢当，不敢当，作为人生失败者，"偶像"二字实不能胜任啊！

李白

回复杜甫：杜老弟，生活虽不顺，人生不能丧。你我靠的是才华流芳百世，要给后人留个正能量满满的形象才是。再说了，一个能把音乐咏得如此美妙绝伦者，绝不可能是人生失败者。

高适

杜子美也算失败？那什么叫成功？就问，有多少人知道我高适最后受封渤海侯，挂着一身光灿灿的军功章驾鹤西游？但一定都记得那个高呼**"安得广厦千万间，大庇天下寒士俱欢颜"**心系天下的杜工部。

张籍

说"偶像"那都是侮辱杜子美，他就是神，我的男神！我把他的名作抄录下来，烧成灰烬，拌上蜂蜜，一天吃三匙。你们谁能比！

冬梅

哇，大家追星追得好疯狂！

西枚

我更期待杜男神的神作了。

评论　　　　　　　　　　　　　　　☺　发送

91

 今日课堂推荐诗词

赠花卿

[唐] 杜甫

锦城①丝管②日纷纷，
半入江风半入云。
此曲只应天上有，
人间能得几回闻。

 注释

① 锦城：锦官城，此指成都。
② 丝管：弦乐器和管乐器，这里泛指音乐。

译文

　　锦官城里每日音乐声轻柔悠扬，一半随着江风飘去，一半飘入了云端。

　　这样的乐曲只应该天上有，人世间芸芸众生哪里能听见几回？

冬梅

这个"花卿"是谁呢?"诗圣"和他很要好吗?

杜甫

额……其实也并没有……这个"花卿"呢,名叫花敬定,是一名武将,论打仗,有几分真本事。但此人傲得很,立下大功后,不但纵容手下到处抢掠,返回成都后天天在府中饮宴,丝竹歌舞不断。更过分的是,他用的音乐还是天子礼制,这在当时可是大大的僭越呀,所以呢……

西枚

所以这首诗看似是赞美音乐,实际上有弦外之音?

冬梅

可我看到的明明都是赞誉呀!

包子老师

既如此,不妨拆解分析一下。先看前两句,同学们发没发现有两个词很特别?

西枚

"纷纷"和"半入"?

杜甫

小小年纪眼光毒辣得很呀!

西枚

这两个词明明是用来形容有形之物的,"诗圣"却用来形容乐曲这种无形之物,所以感觉很特别。

包子老师

优秀!两个词将乐曲化无形为有形,对其进行了实写,"纷纷"精准形象地描绘出管乐声与弦乐声相互交错、追逐的情景;而重复使用"半入",让人真切感受到乐曲那种行云流水般的美妙,与弥漫宇宙的乐声正相和谐,很值得玩索哟。

93

西枚

化无形为有形——这个写法好高级，我得赶紧记下来。

冬梅

后两句以天上的仙乐相夸，夸得很直接呀！

包子老师

后两句通过遐想，以虚写的方式夸赞乐曲之美妙。结合前两句的实写，整首诗便是由实入虚，虚实结合，既婉转含蓄，又耐人寻味，将此天籁赞誉到了极致。

西枚

由实入虚，虚实结合，又学到一招。

冬梅

整首诗都分析完了，全是赞语，哪有什么弦外之音？

杜甫

就是就是。庸人自扰，是你们想多啦！

包子老师

且慢！咱们细品一下后两句中的"天上"和"人间"，前者实际上是指皇宫，后者指皇宫之外。这里，"诗圣"用的是一语双关的手法，说乐曲属于"天上"，且加了限定词"只应"，既然"只应天上有"，那么"人间"就不应"得闻"。不应"得闻"而"得闻"，还"几回闻"，更"日纷纷"，讽刺之意就自这矛盾对立中油然而生……

西枚

没想到这场音乐盛典背后深意无穷，这**一语双关**写作手法也实在是高！

杜甫

看来是瞒不住了……唉，老夫的这一番操作也是形势所迫、现实所需呀！

94

课后小结

＜发现　　　　　　　　　包子圈　　　　　　　　···

包子老师

这节课我们一起聆听了杜教授的弦外之音，学到了**化无形为有形、一语双关**以及由实入虚、虚实结合的写作手法。咦，原来这"诗圣"声东击西，意在言外呢！

杜甫

老夫作这首诗当然不是为了吐槽，而是以劝诫为主，奉劝当政者舍弃享乐，迷途知返，以国事为重——唉，简直是操碎了心！😭

高适

柔中有刚，绵里藏针，寓讽于谀，意在言外，忠言而不逆耳，做得恰到好处。这种写法也是当时文人的必修技能，杜工部已经相当含蓄委婉了！

李白

说起来，与我那首《清平乐·禁庭春昼》有异曲同工之妙呀，同学们别忘了下课也去找来看看！🤪

张籍

这首《赠花卿》我抄录了不下百遍，也烧了百遍，更吃了百遍，常吃常新。

冬梅

还真是绵里藏针，意在言外！

西枚

论说话的艺术！🍬

95

有一种美食，叫"文化大餐"

话说杜甫弃官隐居蜀中草堂后，暂得安定，也有好友相助，但过得仍是穷困潦倒。一次，众好友想在草堂组织一次沙龙，以诗会友，相互切磋一下。杜甫虽心向往之，怎奈囊中羞涩，实在拿不出什么好酒好菜来招待，这可难倒了杜夫人。杜甫来到厨房，见有韭菜、鸡蛋、豆腐，灵光一闪，对夫人一番嘱咐。

开席之际，杜夫人端出三菜一汤，分别是炒韭菜加两个蛋黄、炒韭菜加蛋白、清蒸豆腐渣以及韭菜豆腐汤，汤面上漂着几片蛋壳。众人见状，虽觉寒酸，但也理解，并不在意，但当杜甫介绍完这几道菜后，众人纷纷拍手叫好，一起享受了这顿"文化大餐"。

且听杜老师是这样报菜名的：

第一道菜：两个蛋黄（两个黄鹂）、几根韭菜（翠柳）；第二道菜：把熟鸡蛋清切成小块（白鹭），排成"一"字形（一行），下面铺上韭菜叶子（青天）；第三道菜：清蒸豆腐渣（千秋雪）；第四道菜：韭菜豆腐汤（泊），上面漂着几片蛋壳（万里船）。

没错，连缀起来就是那首著名的《绝句》：

两个黄鹂鸣翠柳，一行白鹭上青天。

窗含西岭千秋雪，门泊东吴万里船。

故事当然是戏说，不过杜甫的才华是毋庸置疑的。

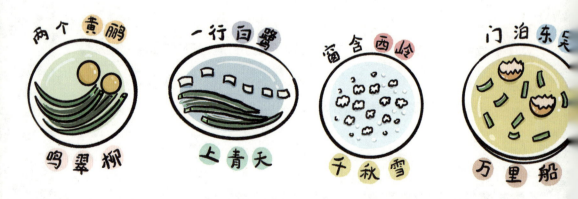

叹水别白二十二

第13课

诗起宝塔／层层用典

姓　　名：刘禹锡（772—842年），字梦得

人生定位：斗士

专　　业：汉语言文学、教育学、哲学

文学地位：诗豪

特　　长：议论、雄辩

短　　板：骂人专揭短

爱　　好：下围棋、钻研医术

工作经历：太子宾客、礼部尚书

自我评价：最牛的人生就是提升自己，熬死对手

课前通知

<发现　　　　　　　　　　　包子圈　　　　　　　　　　·····

 包子老师

"抽刀断水水更流，举杯消愁愁更愁""黄河之水天上来，奔流到海不复回""青山横北郭，白水绕东城"……钓鱼中，脑海浮现出很多与水相关的诗句。干脆也给同学们讲首笼着水汽的诗吧，而且形式别具一格，保准见过的人不多。有请今天的"一日客座教授"——刘禹锡刘斗士！对，你们没听错，在我心中他就是一个打不败的斗士形象！

 白居易

我猜你要讲的是梦得写给我的那首《叹水别白二十二》。有什么办法呢，人格魅力就是这么势不可当。

98

刘禹锡

只能说乐天的适配性极高，不仅"元白"天下闻，我们"刘白"也是相当能打，彼此唱和的诗词也快两百首了，没有过硬的交情和才华刷得出这样惊人的数据吗？

柳宗元

回复刘禹锡：说到适配性，你刘梦得也不遑多让。咱俩可是同榜进士及第的缘分啊，同朝为官，又一起被贬，这才是同呼吸共命运……如此看，"刘柳"组合才是天造地设的。

裴度

梦得其人狂妄至极，几次祸从口出，都是侥幸捡回条命，他还不知悔改，简直就是在钢丝上跳舞。不过，人家玩的就是心跳，对得起"诗豪"的称号，确实豪气冲天！ 😄

西枚

印象最深的就是刘斗士那句**"斯是陋室，惟吾德馨"**，透着浓浓的挑衅意味，好像在说："老刘在哪儿活得都很好，德行高尚，上天垂爱，你们比不上！"

冬梅

我最爱的是**"东边日出西边雨，道是无晴却有晴"**，太浪漫了！你说，一个人的内心怎会共存如此迥然不同的气质？ 🤭

评论　　　　　　　　　　　　　　　　　　　　☺ 发送

好友介绍

 裴度（765—839年），字中立，唐代中期杰出的政治家、文学家。

今日课堂推荐诗词

叹水别白二十二

［唐］刘禹锡

水。

至清①，尽美②。

从一勺，至千里。

利人利物，时行时止。

道性③净皆然，交情淡如此。

君游金谷堤④上，我在石渠署⑤里。

两心相忆似流波，潺湲日夜无穷已。

注释

① 至清：过于清澈；极其清澈。

② 尽美：极美；完美。

③ 道性：有道德品性、合道之性、出家人所谓修道之情志等义。

④ 金谷堤：洛阳金谷园中之堤。金谷园为晋朝巨富石崇所建。刘以此借代白居易所在地洛阳。

⑤ 石渠署：石渠阁，汉宫中藏书之处，在未央宫殿北。这里用以指代刘所在的集贤殿。这时刘禹锡任集贤殿学士，工作是整理图书，撰集文章，校理经籍，搜求逸书。

译文

水，极其清澈，极为漂亮。

从一勺，到汇聚成河奔至千里。

对人和物都有好处，一会儿急行一会儿缓止。

有品行的都是如此，就像人与人之间的交情。

你在金谷的堤上，我在石渠署里。

两心相忆和流水一般，慢慢流动无穷无尽。

冬梅

这首诗惊艳到我了，形式好新奇，像一座塔！

西枚

还不耽误押韵，谁看了不夸一句厉害。

包子老师

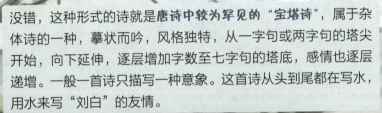
没错，这种形式的诗就是**唐诗中较为罕见的"宝塔诗"**，属于杂体诗的一种，摹状而吟，风格独特，从一字句或两字句的塔尖开始，向下延伸，逐层增加字数至七字句的塔底，感情也逐层递增。一般一首诗只描写一种意象。这首诗从头到尾都在写水，用水来写"刘白"的友情。

冬梅

想读懂此诗，得有很深的文化底蕴吧！总觉得字里行间都夹带着"私货"。

包子老师

冬梅的直觉很棒。**巧用典故和比兴手法**是本诗的另一大特色。你们看，第二句"至清，尽美"，是借用了《大戴礼记·子张问入官》中的"水至清则无鱼"，并活用了《庄子》中的"河伯欣然自喜，以天下之美为尽在己"，以此赞叹水是天下最清最美之物。"从一勺"呢，化用了《礼记·中庸》中的"今夫水，一勺之多，及其不测，鼋（yuán）、鼍（tuó）、蛟龙、鱼鳖生焉，货财殖焉"，是说水可以从一勺汇聚成江河，蛟龙、鱼鳖都在其中生息，可以繁衍万物……

西枚

"利人利物"是化用了《老子·易性》中的"上善若水，水善利万物而不争"。这都是在赞叹水的美德，可以合乎时宜地前行与停止。

101

刘禹锡

大家的知识储备都很赞啊！友情就像清丽的水，流动与停止一如友人时聚时散。我和乐天的友情之水正如涓涓细流，永不停息。

 冬梅

都说唐诗侧重抒情，宋诗才是哲思满满，我却觉得"诗豪"此作在抒情之外，充满了哲理。就说这水吧，不仅自身至清尽美，还能养活鱼虾龙鳖，利人利万物。

包子老师

所以诗人才会说"交情淡如此"，因为"君子之交淡如水"。这里不是说情淡，而是说两人的友谊像水淡泊纯净，不夹杂私心杂念，高于常人，深于常情。

 刘禹锡

正是正是！我们那个时代的人都比较含蓄，如果扯着嗓子向对方喊出"我想你"，未免失态，大家都讲究个点破不说破，全靠悟性高。

 西枚

最后几句像在暗戳戳表白呢！乐天居士要去洛阳，而刘诗豪要留在西安，两人虽然分开，但他们的相忆之情就像流水一样深长，永不停息。

 刘禹锡

你们都说我是斗士，可纵观我这一生，不是被贬，就是在被贬的路上，即便铜头铁臂，也经不起这样的消磨啊！所幸遇到乐天、子厚、退之这样交心的朋友，才能让我每每满血复活，觉得明天又是新的一天。

包子老师

啊——这样的友情同学们羡慕吗？

102

< 发现　　　　　　　　　　包子圈　　　　　　　　　···

包子老师

刘斗士一看就是手中有笔、胸中有墨之人，一首送别诗集满了典故、蓄满了感情，还顺带炫了技，难能可贵。而且，这首诗一改送别诗黯伤低沉的调性，转而开启了清新开朗的面貌，更显意境缠绵、情意深挚。这才符合刘斗士直爽的性格嘛！

刘禹锡
本来就是啊，总是悲悲戚戚的有什么用？都是在伤自己的心。

柳宗元
我这个人呢，属于感情用事的那种，常常触景生情。难以自拔的时候，就得把梦得写的那些诗翻出来看看，玄都观赏花那两首最绝，读一遍爽一遍，比什么良药都治愈。

白居易
论颜值，梦得确实不如微之，但不是帅哥又有什么关系！"刘白"的人气一点不比"元白"差。而且我俩属于距离产生美那种，见不到彼此时，反而更容易诞生佳作。😋

韩愈
回复白居易：秀恩爱，死得快——这道理，你白二十二不懂吗？不过话说回来，换谁有了刘梦得这样的豪情兄弟，能忍住不炫耀一下呢！🤭

西枚
肤浅的友谊千篇一律，无价的情义万里挑一。

冬梅
就让我活在大咖们的朋友圈里吧！

贬我千百遍，斗志永不变

经历十年的贬谪生涯后，刘禹锡奉诏回京。三千多个孤灯寒雨的日夜，并没有让他屈服退缩，面对朝廷蝇营狗苟的庸碌朝臣，他写下一首看花诗讽刺他们，就是这首《元和十年自朗州至京戏赠看花诸君子》：

紫陌红尘拂面来，无人不道看花回。

玄都观里桃千树，尽是刘郎去后栽。

前两句写景，意思浅白，麻烦的是后两句，诗人用来形容在他贬谪期间那些趋炎附势、结党私营之辈，最后一句更有轻视之意。结果，他再次被贬。最绝的是后续。

十四年后，刘禹锡重被召回，也不知是谁给的勇气，他再游玄都观，又作了一首：

百亩庭中半是苔，桃花净尽菜花开。

种桃道士归何处，前度刘郎今又来。

玄都观偌大庭院中有一半长满青苔，原来盛开的桃花已经荡然无存，只有菜花在开放。先前那些辛勤种桃的道士如今哪里去了？前次因题诗而被贬出长安的我——刘禹锡，又回来了——这一句也太嚣张了吧！

这十四年间，皇帝由宪宗、穆宗、敬宗到文宗，人事变迁很大，政治斗争仍在继续。诗人放胆重提旧事，就是要向打击他的权贵发出挑战，这不就是纯粹的斗士吗？

第14课

以小见大『三法宝』：观察、想象和细节

咏露珠

姓　　名：韦应物（约737—791年），字义博
人生定位：逆袭佼佼者
专　　业：汉语言文学
文学地位：山水田园诗派代表诗人
特　　长：五言古诗
短　　板：黑料缠身
爱　　好：音乐（竹笛）
工作经历：集贤校书郎、翰林学士
自我评价：改变，从来都不嫌晚

< 发现　　　　　　　　包子圈　　　　　　　　...

 包子老师

以前，每到天气渐凉、白日渐短之时，身为文艺青年的我总会伤春悲秋一阵子，可自从读到韦应物老师的《咏露珠》，我居然发现了藏于秋天的一份闲适与优雅。同学们是不是也很好奇？那么，有请韦老师担任今天的"一日客座教授"，为我们揭晓这份秋日的独特馈赠。

 韦应物

没想到在下这篇小小诗作竟有如此功效。说来惭愧，由于早年家境不错，我虚度了不少光阴，后来经过一些变故，痛定思痛，也算浪子回头了，为百姓服务之余，也留下了一些拙作。🐶

白居易
回复韦应物：韦老啊，谁的青春不迷茫？或许少了那些激情岁月的涤荡，就不会成就后来的"自成一家之体"呢！

刘长卿
回复韦应物：老韦，为人不必太低调，怎么说咱俩也是举世闻名的"韦刘"！我就很自信，"五言长城"的名头当仁不让。

丘丹
回复韦应物：义博啊，转眼又是一年秋，还记得此前你写给我的诗句吗？"怀君属秋夜，散步咏凉天。空山松子落，幽人应未眠。"真庆幸在对的时间遇到对的你。若早些年邂逅，顽劣如你，是断然写不出这样销魂的文字的，更不会有你我的肝胆相照。人啊，不仅要感恩命运的成全，还要感激它赋予我们的磨难。🌹

冬梅
原来韦老师有这么传奇的成长经历，佩服佩服！

西枚
更加好奇韦老师是怎样咏露珠的了。

评论　　　　　　　　　　　　　　　　　　😊　发送

好友介绍

刘长（zhǎng）卿（？—约789年），字文房，唐代诗人。曾任监察御史，因性格刚直得罪了权贵，多次被贬谪到边远地区。其诗风温雅流畅、情景交融，以五七言近体为主，尤工五言，自诩为"五言长城"。

丘丹，唐代官员、诗人，生卒年不详。韦应物挚友，常波此唱和。《全唐诗》存诗十一首。

 今日课堂推荐诗词

咏露珠

［唐］韦应物

秋荷一滴露，

清夜坠玄天[1]。

将来玉盘上，

不定始知圆。

注释

[1] 玄天：北方之天，泛指天。

译文

　　秋日的荷叶上凝着一滴晶莹的露珠，那是暗夜里从玄天之上坠下的。
　　摇晃着仿佛要掉下去一样，看着它滚来滚去的而不是停着不动，才知道原来它是圆的而不是方的。

冬梅

老实说，露珠很常见，之前我并没觉得它有什么特别之处，但通过韦老师的细腻描写，突然觉得它好可爱、好灵动。

包子老师

生活中从不缺少美，而是缺少发现美的眼睛，韦老师就有这样一双慧眼。从这首诗不难看出诗人细致的观察力以及纯真的精神世界。

韦应物

很荣幸大家可以在我的笔下发现生活之美。

西枚

我很好奇，韦老师为何把露珠的"秀场"选在秋荷上，而不是更常见的草叶或树叶上？

韦应物

问得好！的确，草叶、树叶更多见，但秋荷胜在富有诗意，它在这里作为一种意象，可以把露珠衬托得更加美好。

包子老师

没错，露珠与秋荷那么近，有关秋荷的美好印象会转移到露珠上。所以，平时写作时，大家一定要选好意象，因为意象具有抒情功能。而意象的选择无非是从心出发，要清楚自己想要表达的内容，想营造怎样的情景去打动读者。

冬梅

除了秋荷，我觉得"一滴"用得也很妙。

包子老师

有眼光！我们都知道露珠肯定不止一滴，但韦老师着眼于一滴露珠，以一滴代表万滴，这是运用了**以小见大**的手法。而且，当人们把注意力集中在一滴露珠上，更有助于细致地观察，这也为后面的细节描写做了铺垫哟！

109

韦应物

没想到我的小巧思都被你们发现啦！

包子老师

继续往下看，大家有没有发现第三句里有一个比喻？

冬梅

把秋荷比作玉盘。

包子老师

没错，露珠在秋荷上并非静止不动，而是在"玉盘"上滚来滚去。最终，诗人通过对一滴露珠的细致观察，得到"不定始知圆"的结论。

西枚

再次感受到了观察的力量。

韦应物

强调一下啊，写诗也好，写文章也罢，三大法宝少不了——**观察、想象和细节**。

包子老师

赶紧拿出小本本记下来！我们一眼就能看出诗人在这首诗里运用的三大法宝：露珠是极易被人忽视的寻常小事物，但在诗人笔下却格外不寻常，在易被他人忽视的事物里发现不寻常之处，就是创新；而"玄天"二字，给普通露珠蒙上一层奇幻感，算是韦老师带给读者的一次想象之旅；"不定"则是对露珠滚动这一细节的描写。

冬梅

一颗露珠，折射出多彩的人生！

 课后小结

 包子老师

这节课，我们一起欣赏了韦应物老师笔下的可爱露珠，感受到生活之美的同时，也学到了选择意象的方法、以小见大的写作手法，还有——重要的事情说三遍，一定要记住韦老师传授的**写作三大法宝：观察、想象和细节！观察、想象和细节！观察、想象和细节！**

 韦应物

秋夜、秋荷与秋露，一同构成一幅安静祥和的秋夜图。有秋夜则有清思，有秋荷则有清香，有秋露则有清凉……

 包子老师

佛家云：一花一世界，一叶一菩提。谁能想到小小一滴露珠，竟浓缩了这样巨大的美学容量！

 白居易

回复**韦应物**：咏露珠、咏春雪、咏珊瑚、咏琥珀、咏玉……还有什么是你韦苏州不能咏的？

 刘长卿

说到"小题大做"，我只服老韦！

 冬梅

从今往后，我一定会好好观察生活，大胆想象，感受生活之美的同时，锻炼写作能力！

 西枚

又是收获满满的一天，开心！

111

纨绔子弟变形记

韦应物可是实打实的"官N代"，正因这样雄厚的背景，十五岁的他即使不学无术，也顺利做了唐玄宗的贴身侍卫。少年得意，更是让他嚣张跋扈到极致，甚至有点无恶不作。如此纨绔子弟怎可能痛改前非？

天有不测风云，反转来了——安史之乱爆发，韦应物从云端跌落，身无长物的他连苟活都成问题。经过一番挣扎与思考，他决心痛改前非，戒掉众多陋习，勤奋求学。在诗书的熏陶下，韦应物的性格与能力都有了很大改观，逐渐从一个纨绔子弟转变成风雅儒生，也随之开创了恬淡高远的诗风。经过数年的艰苦求学，二十七岁的他终于迎来人生的转机，通过选拔后出任洛阳丞，拉开了仕途的大幕。

纵观韦应物一生，拿到的是一部大男主变形记的剧本，从纨绔子弟到文学巨匠，这段令人钦佩的传奇也告诉我们，即使犯错，也有机会在反思和努力中重生，创造美好的人生。

回乡偶书·其二

第15课

以不变衬改变

狂野老男孩

姓　　名：贺知章（659—约744年），字季真
人生定位：组局达人
专　　业：汉语言文学、书法
文学地位：四明狂客、诗狂
所属社团：吴中四士、饮中八仙、仙宗十友
特　　长：绝句、草书
短　　板：塑料普通话
爱　　好：饮酒
工作经历：礼部侍郎兼集贤院学士、秘书监
自我评价：我很狂，但我很可爱

课前通知

< 发现　　　　　　　　　　包子圈　　　　　　　　　　···

 包子老师

最近工作很忙，好久没回家看看了。我想等我站在故土之上，必定感慨良多。说到"回乡"主题，我们已经学过一首极应景的《回乡偶书》，可同学们知道吗，它还有续集哟！欢迎贺知章老师出任我们今天的"一日客座教授"。

 贺知章

谢谢包子老师的邀请。先自我介绍一下：我是浙江有史料记载的第一个状元，一生做过不少官，但干得最长的还是教师，一直做到太子的老师。远离宦海，与学问为伴的人生也挺好。你们熟悉的**"不知细叶谁裁出，二月春风似剪刀""儿童相见不相识，笑问客从何处来"**都出自我笔下。老夫一生有三好：喝酒、写字和作诗。

114

李白

他好酒，我可以证明。当年，老先生和我一见如故，成了忘年交。他请我喝酒还忘了带钱袋，竟拿出金龟做酒钱。要知道，金龟可是三品以上官员的官方配饰。他是我的伯乐，推荐我入朝为官。"谪仙人"的称号就是他送我的。

杜甫

我也可以证明。虽然我和贺老先生没有交集，却听过太多他的故事。我写过一首《饮中八仙歌》，开头两句说的就是他——"知章骑马似乘船，眼花落井水底眠"。

张若虚

回复杜甫：我怎么听说的是子美老弟另一句写老贺的诗啊，好像是什么"贺公雅吴语，在位常清狂"？怎么，普通话说不好很可耻吗？我们这些来自吴越的文人，还真就不服气呢！😤

贺知章

回复张若虚：若虚老弟，我看你也是玻璃心啦！后辈们能有什么嘲讽之意，老夫倒觉得带点乡音反而衬托得我这个狂野老男孩更可爱了。🐶

冬梅

我对这堂课很期待。欢迎贺教授！🌹

西枚

欢迎贺教授！🌹

评论　　　　　　　　　　　　　　　　　 发送

张若虚，唐朝诗人，生卒年不详。与贺知章、张旭、包融并称"吴中四士"。代表作《春江花月夜》被誉为唐诗开山之作，享有"一词压两宋，孤篇盖全唐"之名。

回乡偶书·其二

〔唐〕贺知章

离别家乡岁月多，

近来人事半消磨①。

惟有门前镜湖②水，

春风不改旧时波。

注释

① 消磨：逐渐消失，消除。

② 镜湖：湖泊名。在今浙江绍兴会稽山北麓。贺知章的家乡就在镜湖边。

译文

　　我离别家乡的时间实在已经是很长久了，回家后才感觉到家乡的人事变迁实在是太大了。

　　只有门前那镜湖的碧水，在春风吹拂下泛起一圈一圈的波纹，还和五十多年前一模一样。

116

冬梅

确实是"回乡"续集。贺教授初回故乡，经历了小朋友**"笑问客从何处来"**后，与旧日亲朋畅谈，了解到故乡种种人事变化，慨叹世事无常。

西枚

请问贺教授，这两首诗是不是写于同一时期？

贺知章

没错。我八十六岁告老还乡，之后写下了这组诗。

包子老师

贺教授还乡时，皇帝亲自召集百官为他饯行，还写诗相赠，这待遇也是没谁了。

贺知章

是陛下给老夫薄面罢了，还是要真心唱一句"感恩的心"。

冬梅

我有个疑问。**"离别家乡岁月多"**跟**"少小离家老大回"**意思很接近，我觉得……觉得……

贺知章

觉得什么？没关系，大胆说出来，大家一起讨论嘛！

冬梅

意思接近是不是显得文句的新意不足？

包子老师

冬梅，那是因为你的人生阅历尚浅。**"儿童相见不相识，笑问客从何处来"**看似调侃，实则五味杂陈，不过是掩饰内心的无奈与悲凉。到了**"离别家乡岁月多，近来人事半消磨"**，诗人才将内心的无奈与悲凉道出。离乡已有五十载，物是人非本在意料之中，但对作者来说仍形成一种巨大的心理落差。

贺知章

正是。为了弥补这种落差，老夫索性将笔墨宕开，将目光从人事变迁转到对景物的描写：只有门前的镜湖没有改变，在春风吹拂下还会泛起阵阵水波。但也只是"湖波"未变而已，物是人非的感触反而更深刻了。

 包子老师

同学们还要重点领会"岁月多""近来""旧时"这三个顺流而下表示时间的词语，三者合力下，一种低回沉思、苦不胜情的气氛应运而生。若说诗人在其一中尚能感到亲朋重聚带来的半丝暖意；那么在其二中，当他脱离人群的喧嚣，走向貌似熟悉的镜湖时，无疑就变得更加伤感了。

西枚

用"不改旧时波"反衬出"人事半消磨"，虽为写景，实则写人，写的是对人生无常的嗟叹，也是对故乡的关切。这不就是**以不变衬改变**吗？

贺知章

世间万物无时无刻不在变化，渴望不变的是人，所以我们常会为了那些本是顺理成章的事情伤感怅惘，明知徒劳却情不自禁。

西枚

贺教授，也不必太过伤感。换个角度想，很多人生的真谛和美好的体会也只有时过境迁后才能悟得，时间是必须付出的成本啊！

贺知章

小友一席话，醍醐灌顶！至少老夫还有"镜湖水"，还有"旧时波"。能回家，很幸福！

118

课后小结

<发现　　　　　　　　　　包子圈　　　　　　　　　···

包子老师

这首《回乡偶书·其二》中还隐藏了此前讲过的借景抒情的手法。最后两句看似写澄净的镜湖水，其实是在强调物是人非的沧桑之感。伫立在水波微漾的湖边，贺教授积郁心中的对人生时光飞逝、世事沧海桑田的情感呼之欲出。

贺知章

西枚小友在课上总结得很好。老夫当时先讲人事消磨，再写不改旧时波的湖水，确实是以不变衬改变，镜湖水的"不变"让人事"变幻"显得更加伤感。

李白

"唯愿当歌对酒时，月光长照金樽里。"关于物换星移、人世变幻的伤感，是全人类的"通病"吧，谁能幸免呢？

杜甫

"露从今夜白，月是故乡明。"上完这堂课，我也有点想家了。说走就走，这就去预订车马！

冬梅

学习古诗词，不光能体会韵律美和情感真，还能学到写作技巧，一举多得！

西枚

收获满满的一堂课！谢谢包子老师，谢谢贺教授。

贺知章的职场滑铁卢

在漫长的职业生涯中，贺知章曾暂离教育行业，直到一把年纪时来运转，兜兜转转做到礼部侍郎。

恰逢唐玄宗兄长申王病逝，贺知章被分配到一个选挽郎的活儿。挽郎，就是在王公贵族丧礼时被选派出来抬棺哭丧之人。对，就是"哭替"。可不要小看这个行当，都是先从官宦子弟中选择，再由礼部统一教授丧礼中的言行礼仪，接着是层层筛选，竞争残酷。做了挽郎就能被吏部记录在案，候补缺官，跨过寒窗苦读就能入仕，可想而知名额得多抢手。

贺知章的工作吃力不讨好，落选者将怒意转嫁于他，聚众闹事，还举报他行贿受贿、徇私舞弊。皇帝嫌他办事不力，将他调往别的部门。这大概算贺知章平顺人生唯一的滑铁卢。经此一役，他还是回到自己擅长和热爱的教育事业，平稳退休，回乡终老。

第16课

题乌江亭

议论不落俗套 / 推想别出心裁

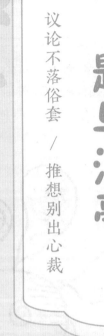

姓　　　名：杜牧（803—853年），字牧之

人生定位：选美大赛评委

专　　　业：汉语言文学

文学地位：文如其人，顾盼生辉

特　　　长：七绝、兵法

短　　　板：风流

爱　　　好：声色犬马

工作经历：中书舍人、湖州刺史

自我评价：比我有才的没我帅，比我帅的没我有才

< 发现 包子圈 ····

包子老师

说到创作不走寻常路，我总会想到杜牧。别只顾着八卦人家**"十年一觉扬州梦"**都梦见什么了，还是让我们好好研究一下作为诗人的杜牧，是如何突破咏史诗的创作窠臼的吧！有请今天的"一日客座教授"——樊川居士，杜牧杜老师。

♡

 杜牧

说来也怪！在扬州的日子，我工作没少干，诗也没少写，可大家只记住我的"风流"，那十年还成了我人生最大的Bug——罢了罢了，走自己的路，让别人嚼舌根去吧！😛

周墀

有人说，牧之当年能申请外放湖州是因为和我私交过密，走了后门。冤枉啊！你们只关注他的风流韵事，却不知他在军事、政治上也曾满腔抱负，写过很多治国论兵的文章，还能为《孙子兵法》作注。今天就用作品说话，让你们见识一下多面的牧之。

李商隐

我与牧之同病相怜，所以更钦佩他的军事才能和爱国心志。后人谬赞我俩是晚唐诗界的"双璧"，合称"小李杜"。牧之名副其实，我却有点愧不敢当。能和牧之一起在青史留名，我真是三生有幸。

冬梅

小板凳已就位，静候大男主登场。

西枚

我的好奇心也就位啦！

评论　　　　　　　　　　　　　　　　　　😊　发送

好友介绍

 周墀（793—851年），字德升。唐朝宰相、历史学家、书画家。曾提携杜牧。

 李商隐（813—858年），字义山，号玉溪生、樊南生。唐朝著名诗人。和杜牧合称"小李杜"，和温庭筠合称"温李"。代表作有《无题》《锦瑟》《夜雨寄北》《登乐游原》等。

 今日课堂推荐诗词

题乌江亭①

[唐] 杜牧

胜 败 兵 家 事 不 期②，

包 羞 忍 耻③ 是 男 儿。

江 东④ 子 弟 多 才 俊⑤，

卷 土 重 来 未 可 知。

 注释

① 乌江亭：位于今安徽和县东北的乌江浦。相传是项羽自刎的地方。

② 不期：难以预料。

③ 包羞忍耻：忍受屈辱的胸襟气度。意思是说大丈夫要能屈能伸。

④ 江东：自汉朝至隋唐，称安徽芜湖以下的江南岸地区为江东。

⑤ 才俊：才能出众的人。

译文

胜败是兵家常事，难以事前预料，能够忍受失败及其带来的耻辱的才是真正的男儿。

江东子弟有很多才能出众的人，如果能重整旗鼓卷土重来，楚汉谁胜谁败还很难说。

包子老师

咏史诗向来是杜老师的拿手好戏，不管是"东风不与周郎便，铜雀春深锁二乔""商女不知亡国恨，隔江犹唱后庭花"，还是今天这首《题乌江亭》，都是"杜氏出品，必属精品"。

西枚

这首诗的主角是楚汉之争中的项羽。他和刘邦为争夺政权展开了大规模战争，最终兵败乌江自刎，刘邦建立了汉朝。

杜牧

我正是从史实出发，写出了自己对这段历史的认知。西楚霸王空有夺取天下之才，却不能接受一时的败局，最终饮恨终身。我理解他，却不同情他。

包子老师

在杜老师之后，很多文人都针对楚汉之争发表过看法。宋代词人李清照曾写过一首《夏日绝句》，不过她对项羽的认知和您有些不同哟。

杜牧

正常。李才女有感于项羽自刎的悲壮，认为他是人杰、鬼雄。我却觉得他太过懦弱了。根本原因是我们所处的时代背景不同，看问题的角度自然也不同。

包子老师

同是宋人，王安石的《叠题乌江亭》也提出了和您相反的观点："百战疲劳壮士哀，中原一败势难回。"您批评项羽的胸襟不够宽广，以致自杀。王大人却觉得楚军大势已去，部属也不愿再卷入战争，所以结局是注定的。有人说，王大人是有名的政治家，他以战争发展的客观形势为依据，从而做出了理性判断。对此，您怎么看？

杜牧

仁者见仁，智者见智，有分歧、有争论，才有进步的空间。我还是坚持自己的观点。

 冬梅

我也赞同杜老师的**"胜败兵家事不期"**。乌江自刎的做法和我印象中**"力拔山兮气盖世"**的霸王形象出入太大。遇到挫折就灰心以致自我了断，怎能称得上真正的男儿？

 杜牧

项羽太过刚愎自用，不听人言。在乌江亭，亭长劝他重整旗鼓，他却觉得无颜见江东父老，看似悲壮，其实就是不愿面对现实，是逃避。这样的性格也注定了他的结局。

 西枚

我好想穿越回去劝霸王再坚持一下。从杜老师的诗句中，我是能感到江东子弟卷土重来的信念的。

包子老师

议论不落传统窠臼，假设性推想别出心裁。这正是杜老师的高明之处，也是值得我们学习的地方。

 冬梅

这堂课过后，我也不再纠结于杜老师那浮浪的十年了。

 杜牧

由衷感谢包子老师给我这样一个澄清的机会。既不粉饰荒唐的过去，也不放弃尚不确定的未来，这样的人生也算真诚吧！

课后小结

包子老师

这堂课我们学习了杜牧的《题乌江亭》，学会了如何在**议论中别出心裁**。对历史上已有定局的事件**做新的假设性推想**，从而表达自己的立场观点，而不是针对事件本身生发议论。这样的角度的确能脱颖而出啊！

♡　　　　　　

杜牧

有人说我是被长达四十年的"牛李党争"①耽误的高才。其实，被耽误的何止我一人？但生活还是要继续。所幸，我还能畅想，我还能创作！😋

周墀

出身好，长得帅，诗好文好书法好，退能低吟浅唱，进能说理谈兵，除了牧之，还有谁！我永远为他打call举大旗！😄

李商隐

"杜牧司勋字牧之，清秋一首杜秋诗。"多认识牧之一分，便多爱他一分！🎖

冬梅

这样的杜牧之，他不风流谁风流？😍

西枚

啥也不说了，我要即刻重读《阿房宫赋》。

————————

① 牛李党争：指唐朝后期以牛僧孺、李宗闵等为首的"牛党"和以李德裕、郑覃等为首的"李党"之间持续近四十年的朋党之争。这场旷日持久的党争导致唐王朝的政局越发混乱，从而加速了唐朝走向灭亡。

127

杜牧的悟道

杜牧出身名门，祖父是三朝元老，显赫的家世让他一出生就赢在了起跑线上。他自己也争气，二十六岁就进士及第、制试登科。而且连中两榜前，杜牧就以诗文闻名，真正是"春风得意马蹄疾"。

一天，他和友人去文公寺游玩。众人对这位新科贵公子前呼后拥，杜牧得意至极。到了寺中，杜牧见一僧人独坐，两耳不闻身外事，对满园春色也视若无睹。他走过去和僧人聊天，发现其言谈很是精妙。僧人问杜牧姓名，杜牧心想自己此时名动京城，僧人岂能不识？谁知，等他报上姓名，对方却毫无反应。杜牧的友人纷纷向僧人介绍他的事迹，僧人依旧笑道："你们说的这些我都不知道啊，我并不认识这位施主。"

杜牧犹如兜头一盆冷水，炫耀的心立刻冷了下来。出得寺院，他写下一首名为《赠终南兰若僧》的诗，以表达自己的情绪，颇有悟道之意：

北阙南山是故乡，两枝仙桂一时芳。

休公都不知名姓，始觉禅门气味长。

江上

真大师无技巧

北宋第一『孤勇者』

姓　　　名：王安石（1021—1086年），字介甫

人生定位：顶级幕僚

专　　　业：汉语言文学、政治学、经学

文学地位：政治家中文学素养最高的，文学家中政治影响力最大的

所属社团：唐宋八大家

特　　　长：写散文、搞运动

短　　　板：不爱洗澡

爱　　　好：工作！工作！工作！

工作经历：左仆射、观文殿大学士、司空

自我评价：我就是我，颜色不一样的烟火

<发现　　　　　　　　　　包子圈　　　　　　　　　...

包子老师

今天的"一日客座教授"来头不小——鼎鼎大名的改革家王安石！我好想送他老人家一幅画作。最爱他的那首《江上》，明明脑海中都是朦胧唯美的画面，提起笔来又不知该如何描摹，怎么办？他老人家马上就要到了！

 王安石

来之前还挺犹豫的，毕竟我也算个争议人物。但包子老师说，课堂不同于朝堂，只谈文学，尽可畅所欲言，那我就放心了。如今想来，若非从政，我定会和很多政敌成为相当谈得来的文友啊！

司马光
回复王安石：介甫啊，我还是要澄清一下咱俩之间的误会。我也不是完全反对你变法，只是你步伐迈得太大，手段也过于激进，一点不像你的诗词。

欧阳修
回复王安石：抛开政见不谈，介甫的文采绝对独当一面。"翰林风月三千首，吏部文章二百年"——这样的资质千古难遇！凭借如此才华，你本可以在仕途上走得更为长远，怎奈为人不够圆融，行事又操之过急，可惜了。

曾巩
我与介甫识于微时，当时所有人都不看好我的文字，他却挺身而出，甩出一句"曾子文章众无有，水之江汉星之斗"，堵住了所有质疑的声音。就为这句话，我笨鸟先飞，笔耕不辍，终于和他成为比肩的队友。

冬梅
过瘾过瘾，我就爱看这种相爱相杀的戏码！😍

西枚
我觉得宋诗写得最好的就是王老师，大家对他羡慕嫉妒恨也能理解。

评论	🙂	发送

好友介绍

司马光（1019—1086年），字君实，号迂叟，世称涑水先生。北宋著名的政治家、史学家、文学家。生平著作甚多，主持编纂了编年体通史《资治通鉴》。

 上课啦！

 今日课堂推荐诗词

江 上

[宋] 王安石

江 北 秋 阴 一 半 开 ，

晚 云① 含 雨 却 低 徊② 。

青 山 缭 绕③ 疑 无 路 ，

忽 见 千 帆 隐 映④ 来 。

 注释

① 晚云：一作"晓云"。

② 低徊：这里指浓厚的乌云缓慢移动。

③ 缭绕：回环旋转。

④ 隐映：隐隐地显现出。

译文

　　大江北面，秋天浓重的云幕一半已被秋风撕开；含着浓浓雨意的云，缓慢地移动着。

　　两岸青山曲折重叠，似要阻挡江水的去路，船转了个弯，眼前又见到无尽的江水，江上成片的白帆正渐渐逼近过来。

冬梅

你们有没有这种感受，读了前两句觉得胸口有些闷，读完后两句又舒畅了？

西枚

没错，荆公（王安石）勾勒的画面好像并不是明快清晰的，而是有意追求一种半明半暗、迷离惝恍的境界。

包子老师

没错！你们看，头顶的浓云"一半开"，说明不是晴空万里；"晚云""含雨""低徊"，将缓慢移动的晚云拟人化，静中有动，情趣横生。云憋着雨要下不下的样子，就会给人一种发闷的感觉；与此同时，阴云"半开"，些许阳光照进来，画面又变得悠然静穆了。

王安石

如果你们能看到当时的情境，感受会比读诗更强烈，特别是那抹淡淡的雾……这么说吧，仙境什么样，那时的江景就什么样。

西枚

都说风和日丽游江才好看好玩，但我觉得能见识一次这样的江景，才别具韵味。

王安石

择日不如撞日，就是这种不经意间和美景的邂逅才能引发诗意。

包子老师

大家往后看。诗人的视线从云海转向群山，层峦叠嶂似是挡住了去路，而船只转了个弯，又看到点点帆影，说明路途尚远。这里有一个词需要重点关注。

冬梅
是"隐映"一词吗？

包子老师
就是它！一方面写出了江水延伸至天际，另一方面能呼应前两句的朦胧之景，为全诗做了一个完美的收束。

西枚
且慢！这后两句看着好眼熟啊，和陆游的"山重水复疑无路，柳暗花明又一村"有异曲同工之妙。

包子老师
这就是化用的妙处。相似的意思早在王维就曾写过，"遥爱云木秀，初疑路不同。安知清流转，偶与前山通"，却不如王、陆诗句来得精练。诗人借山水之行写看似无望、忽逢转机的心理。遇塞而通虽还达不到绝处逢生的程度，却也启示人们，面对困境要勇于坚持，做出各种尝试。

冬梅
宋诗的理趣毫无意外地登场，却披着文艺的外衣，满满的看点，一点也不觉说教。

王安石
有时啊，绝望就是自找的！只要肯张目四望，就会发现原来处处都是路，处处都存有希望。

冬梅
远离朝堂的荆公就算不做文学家，也可以成为出色的心灵导师，开班授课的话，我头一个报名。

包子老师
下课前再科普一下。王老师名为《江上》的诗作，还有一首五言绝句，也相当出彩，感兴趣的话，同学们不妨也找来一读哟！

134

课后小结

包子老师

坦率地讲，《江上》一诗除了第二句将浓云进行了拟人，有了"低徊"的动作，好像也没用什么其他值得一提的写作手法。但这正是此诗让人拍案叫绝之处，没有炫技，只以白描抒情，却能引人深思。什么叫"大道无术"？说的就是王安石这种"**真大师无技巧**"的境界。🌹

♡

王安石

说来也怪，告别政坛后，好多老死不相往来的同僚又热络起来。大家都说，作为诗人的介甫更真实，也更可爱。😌

司马光

回复王安石：当年你这个"拗相公"和我这个"司马牛"恨不得把对方的祖坟挖了，现在想来大可不必，毕竟你我的目标一致，都是为了国家，绝无私心。我的《资治通鉴》要再版了，介甫老弟给我写个序呗？🤭

曾巩

"吾少莫与何，爱我君为最""一昼千万思，一夜千万愁""摇摇西南心，梦想与君会"……这些都是介甫写给我的赠诗，是不是很颠覆？曝光这些私人信件，是想让大家知道，"铁血宰相"也不乏有血有肉的一面。

冬梅

我确实更喜欢作为文学家的王安石。

西枚

远离朝堂，珍爱健康！

"炼字"的天花板

王安石奉诏北上，坐船经过瓜洲渡时，写下了那首被后世广为传唱的《泊船瓜洲》。起初，第三句他写的是"春风又到江南岸"，随后圈去了"到"字，注曰："不好"；继而改为"春风又过江南岸"，读了几遍，仍是嫌不好，那就继续改；将"过"字换成"入"字，变成"春风又入江南岸"，还是觉得哪里别扭。就这样，这句又变成"春风又满江南岸""春风又来江南岸"……一共改了十几个字，才定为"春风又绿江南岸"。"绿"字本义是颜色，这里兼作动词，一下子就把春天到来时的景象写活了。王安石用字考究、治学严谨的精神可见一斑。

可见，古人写诗并不都是信手拈来的，斟酌再三是常有的事，往往推敲一个字都会辗转难眠，但也正是这样的较真与锤炼，才诞生了令人惊艳、流传千年的名诗名句。

苏幕遮·怀旧

芳草意象 / 互文对举

北宋『励志哥』

姓　　名：	范仲淹（989—1052年），字希文	
人生定位：	国家智囊团核心成员	
专　　业：	汉语言文学、政治学	
文学地位：	两宋出将入相第一人	
特　　长：	慧眼识人	
短　　板：	多管闲事	
爱　　好：	阅读、弹琴	
工作经历：	参知政事	
自我评价：	世界以痛吻我，我却报之以歌	

课前通知

< 发现　　　　　　　包子圈　　　　　　　···

 包子老师

秋天来得猝不及防，心中不免平添几许轻愁。面对季节更迭，古今情愫大同小异。来，今天就请一位善写秋天的文人，为我们描绘一下思乡之情的另一种况味。范大人，别左顾右盼了，就是您，欢迎来到我们的诗词直播课，担任今天的"一日客座教授"。

 范仲淹
真的是我吗？有点不敢确信，若说写秋天的一把好手，不该是前朝的"诗豪"刘禹锡吗？

138

欧阳修
回复范仲淹：范大人，既来之则安之。我猜他们是想让你讲讲那首《苏幕遮》。我也觉得写得好，荡气回肠中流露出一丝婉约气质，不像出自武官之手哟！

狄青
我年轻时四肢发达、头脑简单，是范公教我读《左氏春秋》，还说"将帅不知古今历史，就只有匹夫之勇"。从此，我发奋读书，逐渐精通秦汉以来的各类兵法。我的军功章，有范大人的一半。

滕宗谅
在下不才，能名留青史，也是沾了《岳阳楼记》的光。我与希文是同年的进士，他这个人喜欢较真儿，却也时时装着家国天下，全然不顾个人安危。这样大公无私之人，世间少有。

冬梅
非常渴望了解《岳阳楼记》之外的范老师。

西枚
+1

评论　　　　　　　　　　　　　　　　☺　发送

好友介绍

狄青（1008—1057年），字汉臣，北宋名将。出身寒门，年少入伍，因面有刺字，善于骑射，人称"面涅将军"。

滕宗谅（990—1047年），字子京。北宋官员。《岳阳楼记》就是他任巴陵郡太守期间，请好友范仲淹为重修岳阳楼而创作的散文。

139

 今日课堂推荐诗词

苏幕遮·怀旧

[宋] 范仲淹

碧云天，黄叶地，秋色连波，波上寒烟翠。山映斜阳天接水，芳草[1]无情，更在斜阳外。

黯乡魂[2]，追旅思[3]，夜夜除非，好梦留人睡。明月楼高休独倚，酒入愁肠，化作相思泪。

 注释

1. 芳草：常暗指故乡。
2. 黯乡魂：因思念家乡而黯然伤神。黯，形容心情忧郁。乡魂，即思乡的情思。
3. 追旅思：撇不开羁旅的愁思。追，追随，这里有缠住不放的意思。旅思，旅居在外的愁思。思，心绪，情怀。

译文

　　云天蓝碧，黄叶落满地，天边秋色与秋波相连，波上弥漫着空翠略带寒意的秋烟。远山沐浴着夕阳，天空连接着江水。不解思乡之苦的芳草，一直延伸到夕阳之外的天际。

　　默默思念故乡黯然神伤，缠人的羁旅愁思难以排遣，每天夜里除非是美梦才能留人入睡。明月夜不要独自上高楼。频频地将苦酒灌入愁肠，化为相思的眼泪。

西枚

开头六个字，我差点要唱出来。记得《西厢记》中的《长亭送别》就有这两句。

包子老师

没错，王实甫直接引用这两句作成曲子，流传至今。

冬梅

边塞的景色都是这般辽阔吗？"山映斜阳天接水"——这样的夕阳之景，我从没见过。

范仲淹

和中原风貌很是不同。不得不说，这种壮丽之美的杀伤力也不亚于敌军了。当时，我有一种强烈的愿望，想用诗句留住这绝美的画卷。你们都喜欢开头那六个字，是觉得"碧""黄"二色准确无误地描摹出天地间的斑斓秋色。

包子老师

词人移形换步，将视野聚焦于辽阔大地，"寒"字突出了雾霭带来的缱绻美感与朦胧意境；"翠"与前面的"碧"呼应，秋水共长天一色的曼妙画面映入眼帘；上片后三句，将天、地、山、水之色通过斜阳连接到一起，景物从词人的视线之内延伸至想象中的天涯。

西枚

我觉得这里的"芳草"就像下集预告，足以让读者将之与下片的离愁别绪联系起来。

冬梅

"芳草"是不是象征离愁呀，就像柳枝象征离别？

没错。《招隐士》中有"王孙游兮不归，春草生兮萋萋"，芳草便成为怀远寄情的代名词，被赋予了特定的文化内涵。

范仲淹

我是江苏人，从到延州、耀州戍边起，一直远离故土亲朋，加之当地物资匮乏，离别愁绪几乎成为边塞生活的主旋律。上片的景色你们觉得美，不过是在强颜欢笑，下片的"酒入愁肠"才是我的心声。

包子老师

下片中的乡魂和旅思在写作手法上属于互文①。互文对举，有强调之意。故乡在戍边生活中被词人视为聊以自慰的情感寄托。这种情感到了晚上更为强烈，甚至延续到梦境中。注意，此时的词人已从斜阳写到明月，这是时间的迁移，也是词意的递进。视角发生了转变，心情却一如既往地黯然，直到饮酒化泪哀伤地落幕。

冬梅

上片写景，下片抒情，这属于很常见的情景结合的架构，但我觉得其特殊之处在于丽景与柔情做到了和谐统一，更准确地说，是阔远之境、秾丽之景与深挚之情的统一。

西枚

我还有些不同意见。这首词通篇看似怅然的基调，细品仍能感到范大人广阔的胸襟与对自然的热爱，离情固然伤感，却只见深情，不觉颓废。

范仲淹

谬赞啦！真高兴同学们能喜欢《岳阳楼记》以外的文字。说真的，身为文人，只有更多的作品被铭记，才值得欣慰啊！

---

① 互文：古诗文中的一种修辞手法。指相关文字可以互相省略或交换，文义则互相补充，用来表达一个完整的意思。

课后小结

< 发现　　　　　　　　　　包子圈　　　　　　　　　…

 包子老师

这是一节别开生面的诗词课＋美术鉴赏课。我们品评了一幅辽阔壮丽的边塞秋景图，学到了代表离愁别绪的重要意象——芳草，也见识了阔远之境与细腻之情的巧妙结合，更重新认识了被视为"中国古典文人最高精神标杆"的范文正公。

♡　　　　　

 欧阳修

文能提笔安天下，武能上马定乾坤，执教兴学也是一把好手。对了，我建议你们也去看看范大人的书法，连黄庭坚都说他"落笔痛快沉着，极近晋宋人书"。这么看，还有什么是他范仲淹不能干的？🧒

 晏殊

常来我府上聚会的几位，数范兄为人最是耿直率真，在下自愧不如。我可以负责任地说，范氏为文，一字一句无不是肺腑之言、真情实感。

 梅尧臣

他可不只是耿直，简直就是轴！我写《灵乌赋》劝他别像乌鸦那样报凶招骂，少说话，少管闲事，独善其身就行了。他居然"回敬"了我一首《灵乌赋》，说什么"宁鸣而死，不默而生"。起初我还有点不爽，后来大为触动。🐦

 西枚

如此耿直，才说得出"先天下之忧而忧，后天下之乐而乐"这样的壮语了。

 冬梅

为百姓发声，替百姓着想。这样的文人需要重点保护！

143

从断齑画粥到戍边报国

走近范仲淹，你会觉得后世粉丝把他当作励志楷模是完全有道理的。

第一层励志的意思：断齑（jī）画粥。范仲淹自小家贫，更兼幼年丧父，母亲被迫改嫁，身世可谓悲惨。他曾寄身庙中读书，昼夜不息，每日生活十分清苦，用两升小米煮粥，隔夜粥凝固后用刀一切为四，早晚各吃两块，再切一些腌菜佐食。付出总有回报，发奋苦读下，二十七岁的他就考上了进士。

第二层励志的意思：守得了边疆，坐得了庙堂。范仲淹为官之后，能文能武，成绩皆斐然，皇帝和他的同僚都对他赞赏有加，他也被后人评为"两宋出将入相第一人"。

与浩初上人同看山寄京华亲故

想象奇绝 / 融情入景

孤独行者

姓　　名：	柳宗元（773—819年），字子厚	
人生定位：	旅游博主	
专　　业：	汉语言文学、哲学	
文学地位：	游记始祖	
所属社团：	唐宋八大家	
特　　长：	写散文	
短　　板：	不会装傻	
爱　　好：	编故事	
工作经历：	校书郎、蓝田尉、监察御史	
自我评价：	人生起伏难定，调整心态最重要，我在这方面做得很不够	

< 发现　　　　　　　　包子圈　　　　　　　　···

 包子老师

中秋不能回家了，课表又是排得满满的！可思念不能停，也停不下来。前两天看到柳宗元的一首诗，发现思乡居然还有一种超级夸张的表达方式，非常符合我现在的心境。今天的"一日客座教授"非河东先生莫属！

 柳宗元

包子老师让我专门谈谈思乡。这个主题在我们那个时代，是个文人都有说不完的感慨，要说我的这份心情有什么不同之处，可能就是更为"悲慨"吧！😊

刘禹锡
回复柳宗元：子厚啊，好久不见，你怎么更忧郁了？是真朋友的话，就学学我身上的洒脱不羁啊！

韩愈
人人都在苦吟思乡，却只一味盯着月亮，眼界不能再拓宽一些吗？诗歌创作要有独创性，就必须有出人意表的想象。在这方面，我只服柳子厚。

吕温
回复柳宗元：柳州柳刺史，种柳柳江边。柳管依然在，千秋柳拂天。朋友，你的委屈我都懂，希望依旧在，要像江边柳一样不被一时的失意打倒。

冬梅
可能是《江雪》的后劲太大，柳老师在我心中一直是苦大仇深的形象，今天会让我有新的发现吗？

西枚
有的人越是身陷苦境，越能激发巨大的潜能，河东先生当如是吧！

评论　　　　　　　　　　　　　　　　　　　😊　发送

好友介绍

吕温（772—811年），字和叔，又字化光。唐代文学家、法学家。曾参与王叔文的"永贞革新"，出使吐蕃，历任户部、司封、刑部等官职，后被贬道州、衡州，为政有声，世称"吕衡州"。

 今日课堂推荐诗词

与浩初上人同看山寄京华亲故

[唐] 柳宗元

海畔①尖山似剑铓②，

秋来处处割愁肠。

若为化得身③千亿，

散上④峰头望故乡。

 注释

① 海畔：畔，边。柳州在南方，距海较近，故称海畔。

② 剑铓（máng）：剑锋，剑的顶部尖锐部分。

③ 化得身：柳宗元精通佛典，同行的浩初上人又是龙安海禅师的弟子，作者自然联想到佛经中"化身"的说法，以表明自己的思乡情切。

④ 散上：飘向。一作"散作"。

 译文

海边高耸突出的尖山好像利剑锋芒，到秋天处处割断人的愁肠。

假如能将此身化作万万千千身，定要散落到每个峰顶眺望故乡！

148

冬梅
救命啊——居然比《江雪》的杀伤力还大！这是诗，还是催泪弹啊！

西枚
我能说这是我读到的最虐心的乡愁吗？

包子老师
想真正读懂本诗，有必要先了解一下写作背景，那就不得不提及"永贞革新"。

西枚
这个我知道。永贞革新，又称"二王八司马事件"，是唐顺宗永贞年间，官僚士大夫以打击宦官势力、革除政治积弊为主要目的的改革。改革主张加强中央集权，反对藩镇割据、反对宦官专权，持续时间百余天。最后，改革因宦官俱文珍等人发动政变，幽禁唐顺宗，拥立太子李纯，以失败告终。

包子老师
永贞革新失败后，作为骨干的柳宗元遭到迫害，被贬至蛮荒地区，柳州就是其中一站。首句中的"海畔"点明了柳州的方位，"剑铓"刻画出自然环境之险恶；第二句中的"秋来"锁定了时间，秋天自带萧瑟之意，也暗指动荡不安的时局，在这样的时节，诗人心中既有对亲朋的思念，也少不得事业受挫带来的沮丧。

冬梅
那时候的文人入仕都得有一颗超强大的心脏啊！

柳宗元
没遭到贬谪的人生是不完整的——这道理我懂，可事到临头，那种欲哭无泪的绝望是相当磨人的。职场失意，对亲情的渴望就越发强烈。我都等不到月亮升起来了，青天白日下目之所及都是乡愁。

149

冬梅

所以就有了这句虐心的"若为化得身千亿，散上峰头望故乡"。

包子老师

今天看来，这都是一个非常**奇绝的想象**。柳州地处广西，山水别具一格，山峰多为拔地而起，且不相联属。在诗人眼中，他只有一双眼睛，远眺故乡和京城不足以表达自己的思乡与报国之情。所以他突发奇想，既然山峰千万座，索性分身出千万个自己，便可以伫立在每个山巅，眺望心之所向。

西枚

这个想象可不仅仅是奇绝，而是惊艳。**融情入景**，通过独特的艺术构思，把埋藏在心底的抑郁之情不可遏止地倾吐出来，进而产生了强烈的艺术感染力。真的很厉害！

柳宗元

你们都要把"想象"二字神话了。它看似离奇，却产生于实感。我同意西枚同学所说，"有的人越是身陷苦境，越能激发巨大的潜能"。诗句感人靠的绝非空想，一定是建立在真实生活基础之上的。

包子老师

都说"桂林山水甲天下"，可这样的青山秀水在诗人眼中却成了割其愁肠的利剑，而他甘愿化作千万个自己站在利剑的尖端，不管多痛多苦都愿承受，只要能够望到亲人与京都。这样的家国情怀确实感天撼地，可歌可泣。

冬梅

河东虐我千百遍，我对河东情不变！

课后小结

包子老师

这节课我们欣赏了河东先生专属的"孤独之美"。千万座山峰，千万个自己，这看似人山人海的热闹场面，营造出的却是百年孤寂。不过，我们也要看到积极的一面，纵然前途未卜，诗人却从未放弃对人间真情的信仰，他的望乡，是人性温存的剪影，是泪中带笑的期待。🌹

❤　　　　　　　

柳宗元

柳州是我的人生终站，我又姓柳，天意啊！这里山水秀丽、民风淳朴，很抱歉把它们写成了哀景。还是去读读我写柳州的游记吧，感受一下这个城市的真实面貌。作为柳州的老市长，我愿做它的城市名片，为它代言：柳州欢迎你！🌹

刘禹锡

回复柳宗元：柳州是你的伤心地，也是福地。你为柳州百姓奋斗到最后一刻，你就是他们心中的参天巨柳，人们世代怀念你，不要再感到孤独了。

韩愈

当初我写完《师说》，遭到群嘲。只有子厚坚定地站出来，写文章力挺我。一个孤独之人，却尽力让别人不感到势单力孤，他比谁都有资格得到世人的追念。😐

冬梅

下次旅行锁定柳州，我要去看看河东先生战斗过、奉献过、热爱过的城市。

西枚

回复冬梅：必须同往！🤭

151

柳先生和螺蛳粉有个约会

提起广西美食，人们的脑海中会率先跳出"螺蛳粉"三个字。

螺蛳粉，就是由田螺汤熬成的米粉，系广西柳州的知名小吃。据说这道美食的诞生和柳宗元有着脱不开的关系。

柳宗元祖籍在河东郡，他是不折不扣的北方人，初到柳州，很不适应南方的水土气候，导致胃口不开、精神萎靡，也走访了当地不少名医，却无药可医。这可急坏了府上的大厨周万福。这天，周大厨到江边洗菜，看着河中的田螺，忽然灵光一闪：何不抓上几只，做给柳大人换换口味？他把田螺带回厨房，用水泡洗后熬成汤，又放上米粉，加入酸辣的调料，主打一个刺激味蕾，顺带祛除湿气。

谁知柳宗元一见这红光油亮的螺蛳粉便胃口大开，一口气吃到光盘，心情也随之大好，粉到病除。螺蛳粉成为柳大人"救命粉"的逸事就此传开。如今，螺蛳粉已荣升当地最知名的传统美食，也成为柳州的一张文化名片。

秋月

侧面描写的『天花板』

争议不断的一代宗师

姓　　　名：朱熹（1130—1200年），字元晦

人生定位：桃李满天下

专　　　业：理学、文学、哲学、教育学

文学地位：儒学集大成者

特　　　长：学霸、培养学霸

短　　　板：招黑

爱　　　好：科学、古琴、赏石

工作经历：基层公务员、知名教育家

自我评价：被"黑"了这么多年，我也习惯了，只想说，懂我的人自然懂

＜发现　　　　　　　　包子圈　　　　　　　　...

包子老师

伤春悲秋是文人的通病，本人也不例外。这不，前不久刚确诊轻度悲秋综合征。医生建议我放平心态，多出去欣赏秋景，可哪有时间啊，只好在诗词里寻找秋色了，结果就遇到了这首《秋月》。别说，疗效很明显，安利给大家。有请今天的"一日客座教授"，著名的哲学家、教育家——朱熹朱老师，围观一下他是如何治愈"悲秋"的。

患者：包子老师

疾病：轻度**悲秋**综合征

治疗方案：保持乐观 坚持秋游

朱熹

悲秋不是病，愁起来真要命。还是要放松心情，保持乐观，当然也要主动找些乐子，转移一下注意力。我虽倡导"存天理，灭人欲"，却从不拒绝享受人生乐趣，你们可不要曲解我哟。

陆九渊

回复朱熹：朱兄，这次咱俩是不谋而合了。没错，心态决定一切，只要心中有美景，处处皆芳华。

张栻

回复朱熹：朱兄总能以闲适的心态悟出人生真谛，万分怀念当年的"朱张会讲"①，那是学术史上难以磨灭的三天三夜。还记得我们都争论了些什么吗？对了，下次再找乐子，记得也带上我。😜

陆游

我与元晦"道不同，志亦不合"，但并不影响欣赏他的才华。听说他最近又写了不少哲理诗，这种将抽象哲理含蕴于鲜明艺术形象中的创作，是相当考验个人思想深度的。这一点，我不如元晦。

冬梅

印象中，朱老师就是一本正经的老学究，居然会主动劝人找乐子？太意外了。😮

西枚

最近学习压力有点大，我觉得我也有必要疗愈一下。

评论	发送

好友介绍

 陆九渊（1139—1193年），字子静，世称存斋先生。因讲学于象山（今江西贵溪西南），被称为"象山先生"，学者常称其为"陆象山"。南宋著名理学家，心学奠基人，陆王学派的开创者。

 张栻（1133—1180年），字敬夫，改字钦夫、乐斋，号南轩。南宋著名理学家、哲学家、教育家，湖湘学派集大成者，"东南三贤"之一。名相张浚之子。

① 朱张会讲是指中国学术史、教育史上最著名的一次会讲，也是一次令人难忘的思想碰撞。会讲的双方是宋代学者朱熹和张栻，二人开创了会讲之先河。1167年，朱熹偕弟子从福建崇安来长沙岳麓书院与张栻讲学论道，留下了一段佳话。

 今日课堂推荐诗词

秋 月

[宋] 朱熹

清溪流过碧山头，

空水①澄②鲜一色秋③。

隔断红尘三十④里，

白云红叶两悠悠。

注释

① 空水：指夜空和溪中的流水。
② 澄鲜：明净、清新的样子。
③ 一色秋：指夜空和在融融月色中流动的溪水像秋色一样明朗、澄清。
④ 三十：非确数，只是写其远隔人世，写其幽深。

 译文

　　清澈的溪水流过碧绿的山头，悬空一泻而下，夜空和在融融月色中流动的溪水像秋色一样明朗、澄清。

　　这秋色把人世间隔在三十里之外，空中的白云、山中的红叶都悠闲自在，这幽静的秋色是多么令人陶醉啊！

冬梅

跑题了，跑题了，大文人也会犯这么低级的错误！"秋月"在哪里？我咋一个"月"字都没见到？

西枚

对啊，"月"在哪里？

包子老师

别急，我们一起来找"月"。"清溪"从"碧山头"流过，这本身没什么稀奇，但结合第二句，不难发现作者写的其实是"碧山头"在清溪里的倒影。

西枚

还是有点困惑……

包子老师

第二句中的"空水澄鲜"化用了谢灵运诗"云日相辉映，空水共澄鲜"的意境。谢老师描写的是白昼之景，而朱老师直接将时间拉到夜晚，如果月色不够明亮，天空自然不会与溪水"共澄鲜"，更不会出现"一色秋"的景致。所以，首句、次句都是从侧面描写"秋月"。

冬梅

原来朱老师把"月"给"藏"起来了。

朱熹

和你们玩了一个小小的捉迷藏，没想到这么快就被发现了破绽。

西枚

后两句很明显是即景抒怀。

157

朱熹

不错！不过有个问题想考考大家，"**隔断红尘三十里**"，到底是什么将我和红尘隔断了？是清溪，是秋月，还是——

冬梅

都不是，是朱老师自己。如果您此刻没有一个飘然物外的心境，即便远离红尘三千里，也不会有隔断之感。

朱熹

懂我啊！我是一个游山玩水也不忘思考之人。

包子老师

而末句"**白云红叶两悠悠**"以景结情，有种绵绵不尽的情致。"白云""红叶"既是带有象征意义的幻象，又是诗人在秋月下所见的实景。从象征意义上讲，"白云"的任意飘游和"红叶"的飘逸自得，更是诗人清静内心的写照。

西枚

构思好独到呀！碧绿的山头、澄静的夜空、飘荡的云朵、洒脱的枫叶，都是围绕缓缓流淌的小溪而写的，却无一不浸染着明亮柔和的月光。全篇无一笔写月，却又处处见月，简直就是文字玩家了。

包子老师

正是秋月的明净模糊了昼夜的界限，才让人们看到一个澄鲜明丽的秋夜，而碧山、白云、红叶仿佛都在晴空之下。

冬梅

好一幅秋夜丽景图，真是一剂良方，怪不得包子老师能被疗愈。

包子老师

良方贵在对症，虽只有二十八个字，却个个美得动人，每念一字，心情就放晴一分。快去把此诗分享给更多有需要的人吧！

课后小结

包子老师

虽然朱老师说**"万紫千红总是春"**，可他笔下的秋色也是五彩斑斓的呢！诗中有青山、绿水、蓝天、白云、黄叶，它们还交相辉映，动静结合，构成一幅令人愉悦的图画。明明是一首典型的咏月诗，却无一字写月，艺术表达手法之高超，算是**侧面描写的"天花板"**了。那么，这样的月色，你喜欢吗？

朱熹

最想和大家分享的不是秋景，而是心境。生活不易，坚持不住也无须死扛，干脆给自己放个长假，不必努力，更不必内疚，回归自然的本质，体会放空带来的松弛感。😆

陆九渊

秋风萧瑟是自然常态，多愁善感是人之常情，见怪不怪，其怪自败。

张栻

和我们的时代比，现在的社会可真够卷的，不过卷归卷，别忘舒展身心。快乐的人生只能靠自己争取。✌️

陆游

我倒没有悲秋综合征，却是个"爱国癌"晚期患者，眼看着有生之年收复故土无望，煎熬到不行。有了元晦这剂良方，稍稍感到一丝宽慰。至少我看到的秋月和故土夜空上的是同一个…… 😓

冬梅

祝包子老师早日康复！

漫漫"维权"路

朱熹身患足疾，经常发作，步履艰难，离不开竹杖，他便请了一位江湖郎中为他治疗。针灸以后，他感到腿脚轻便不少，确有效果。朱熹十分高兴，不但重金酬谢江湖郎中，还赠诗一首：

几载相扶藉瘦筇（qióng），一针还觉有奇功。
出门放杖儿童笑，不是以前勃窣（sū）翁。

意思是，他好多年是靠一根瘦竹撑动着走路，想不到针灸有神奇之功。扔开拐杖出门后，儿童看了发笑，这难道就是从前匍匐而行的老翁？

江湖郎中收了钱和诗就走了。令朱熹没想到的是，没过几天，足疾重新发作，较针灸之前更厉害了。他急忙派人去寻那位江湖郎中，对方早已不见踪影。

学生劝他："找不到就算了。"

朱熹叹道："我要找他，并不是想惩罚他，只是想追回所赠之诗，要是他拿着我的诗到处招摇撞骗，岂不误人疾病？"

从此，找到这位江湖郎中成了朱熹的一块心病。

第21课

菊花

从常见题材中挖掘
不落俗套的诗意

让人又爱又恨的负心汉

姓　　名：元稹（779—831年），字微之
人生定位：言情作家
专　　业：汉语言文学
文学地位：开新乐府诗歌之先河
特　　长：才艺俱佳
短　　板：见异思迁
爱　　好：谈恋爱、谈理想
工作经历：校书郎、左拾遗、监察御史
自我评价：我虽多情，但也深情。当然，我最爱的永远
　　　　　是白居易

课前通知

< 发现　　　　　　　　包子圈　　　　　　　　···

 包子老师

秋风飒飒，又到赏菊品茶的时节。说起赏菊，相关诗词不胜枚举，可如果你只知道"采菊东篱下"就out了。今天邀请的这位"一日客座教授"算是个争议人物，有人说他私德有亏，也有人觉得瑕不掩瑜。无妨，让我们先来看看他笔下的菊花是什么样子的。

 元稹

说起菊花，还是陶翁更有发言权。不过既然请我来说上两句，若有班门弄斧之嫌，还望大家多多海涵！

162

白居易
世人对微之评价向来各异，人无完人，只取其所长不好吗？作为同年登第、同期入职的朋友，我得替他说两句话。微之也曾是热血青年，抓贪官、平冤狱，是个深得人心的好官，所以才屡遭排挤，被外派闲置。这样的微之，不正和高洁的菊花相匹配吗？

刘禹锡
作为中唐诗坛著名的"铁三角"，我、乐天、微之彼此相知甚深。请大家放过微之的感情生活吧，多看看他写的《田家词》《织妇词》这样替民间疾苦呐喊、发声的诗作。

杜嗣业
想当年，我奉父命迁移祖父的灵柩，遇到前来送行的元先生，求先生为祖父撰写墓志。先生的《唐故工部员外郎杜君墓系铭并序》至今让我心存感激。先生高义，自然也懂菊花的高洁坚贞，菊花诗自然差不了。

冬梅
元老师多情多才，魅力无法挡！😍

西枚
冬梅，好好听课！

评论　　　　　　　　　　　　　　　　　　🙂　发送

163

 今日课堂推荐诗词

菊 花

[唐] 元稹

秋丛绕舍似陶家，

遍绕篱边日渐斜。

不是花中偏爱菊，

此花开尽更无花。

 注释

① 秋丛：丛丛秋菊。

② 舍：居住的房子。

③ 陶家：陶渊明的家。陶渊明，东晋著名诗人。

④ 更：再。

 译文

丛丛秋菊环绕着房子，好像陶渊明的家。绕着篱笆赏菊，不知不觉太阳快要落山了。

不是因为百花中偏爱菊花，只因菊花开过之后再无花可赏。

164

冬梅

和大家一样，说起菊花，我第一时间想到的也是陶渊明。他一生种菊、赏菊、酿菊花酒，更是写了无数和菊花相关的诗文。菊就是他，他就是菊。

西枚

五柳先生凭一己之力把菊花推到文化的高度，也为后世咏菊拔高了门槛啊！

包子老师

正因如此，自古以来，文人雅士一直偏爱菊花。哪怕咏菊的门槛再高，也挡不住后世有关菊花的诗作络绎不绝。比如，杜甫的"寒花开已尽，菊蕊独盈枝"，欧阳修的"西风酒旗市，细雨菊花天"、苏轼的"菊残犹有傲霜枝"……

冬梅

所以，元老师的这首有什么独特之处呢？

包子老师

你们不觉得这首《菊花》舍弃了此花在文学中的固有意象吗？众所周知，大多数诗人咏菊，无非是赞颂其高洁的气质。但元老师另辟蹊径，没有直接揭示菊花的傲骨，而是用"不是花中偏爱菊，此花开尽更无花"间接表达他对此花历经风霜的坚贞品质的赞美哟！

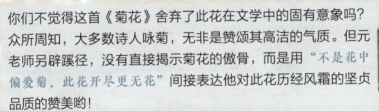

元稹

陶翁的菊花诗大都停留在田园风的意境中，已经写得炉火纯青，正面杠的话无异于蚍蜉撼树，我还是懂得避其锋芒的。既然菊花凋零较晚是人们熟知的自然现象，若能由此生发出道理，给人启迪，是不是更能引起读者的共鸣呢？

包子老师

所以，这就是**从常见题材挖掘出不落俗套之诗意**的功力。一句
"此花开尽更无花"既回答了**"不是花中偏爱菊"**的缘由，也照
应了前两句诗人驻足赏菊流连忘返的场景。

 西枚

这句让我想起了黄巢的"我花开后百花杀"、宋人王琪的"开到
荼靡花事了"，都是同一个道理。一个常见的自然现象，却引起
诗人不平常的情思。看来角度清奇这个能力，也不是谁都能拥
有的。

 元稹

日常生活中，多注意观察，时时训练，总会发现不经意的惊喜。
与大家共勉！

 冬梅

谢谢元老师！我也要努力在日常生活中寻找新颖的诗意。

课后小结

包子老师

这堂课我们学习了元老师的《菊花》，学会了如何**在常见的题材中挖掘出不落俗套的诗意**。此外，这首诗语言淡雅、构思精巧，也很值得同学们在写作中借鉴哟！

· ·

元稹
承蒙各位厚爱！🌹

白居易
回复**元稹**：微之以才情为菊花搭建了一个悠闲浪漫的意境，也为我们奉献了独出机杼的作品。微之，又是好久没见了，有空一起品茶赏菊，互诉衷肠。😗

刘禹锡
人帅，诗好，还是个有故事的人，天之骄子没错了。这样的微之，让我等羡慕得很啊！当年一起宦海浮沉彼此扶持的日子，真是温暖美好的回忆。

冬梅
真是秋意浓浓的一堂课。

西枚
课堂笔记做起来！

元稹和白居易的神仙友情

说起元稹最好的朋友，非白居易莫属。在《唐才子传》中，两人的友谊都登上了彼此的履历，可见浓情化不开。

浓到什么程度呢？两人写给彼此的诗词，据说保守估计就有几百首。翻开两人的诗集，到处都是对方的影子。白居易写"不知忆我因何事，昨夜三回梦见君"给元稹，元稹则写"我今因病魂颠倒，惟梦闲人不梦君"诉衷肠。

一次，白居易和友人在慈恩寺游玩，想起元稹，提笔写了一首《同李十一醉忆元九》，元九就是元稹：

> 花时同醉破春愁，醉折花枝作酒筹。
>
> 忽忆故人天际去，计程今日到梁州。

谁知彼时的元稹真的到了梁州，竟然梦到白居易和友人同游慈恩寺，醒后也写了一首诗：

> 梦君同绕曲江头，也向慈恩院院游。
>
> 亭吏呼人排去马，忽惊身在古梁州。

这一唱一和莫非就是人们常说的"日有所思，夜有所梦"？

元稹去世后，白居易写下一首《梦微之》，"君埋泉下泥销骨，我寄人间雪满头"。想你在黄泉之下被泥土侵蚀骨肉，而我在人世间也已经两鬓苍苍。曾经的挚友天人永隔，读来真让人涕泪交流。

想稹的 365 天……

第22课

紧扣题目，层层递进

望月怀远

曲江风度

姓　　名：张九龄（673或678—740年），字子寿

人生定位：大唐风度代言人

专　　业：汉语言文学

文学地位：岭南第一人

特　　长：五言古诗

短　　板：执拗

爱　　好：下棋、时尚

工作经历：中书令、始兴开国伯

自我评价：修炼偶像剧的外表、奋斗剧的心

课前通知

< 发现　　　　　　　　　包子圈　　　　　　　　　···

包子老师

提起月亮，好多同学就猜是不是要请李白啊，好像月亮都被他一个人承包了。从古至今，月亮绝对是文人墨客的灵感源头，滋养的可不止"诗仙"一人。不信吗？来听这句，**"海上生明月，天涯共此时"**，是不是瞬间拉开了磅礴大气的夜幕？热烈欢迎诗比人红的张九龄张宰相莅临诗词课，成为今天的"一日客座教授"。

170

张九龄
诗比人红？也罢，富贵名利如云烟，你们漂泊天涯之际，看到月亮，想到家乡，还能念上我的二三诗句，老夫便也欣慰啦！

 王维
感到孤单时，也可以望月怡情啊："深林人不知，明月来相照。"

 孟浩然
回复王维：摩诘，你那句只写出了安静，看我的："野旷天低树，江清月近人。"这样才悲壮吧！

 杜甫
比惨的话，你们谁都不如我："露从今夜白，月是故乡明。"

 西枚
文人的朋友圈就是高级，给出一个意象，诗句就和自来水似的喷薄而出。

 冬梅
感觉谁要是没有一句带"月"的诗句，都不好意思和张九龄做朋友。

评论　　　　　　　　 [发送]

望月怀远①

[唐] 张九龄

海上生明月，天涯共此时。

情人②怨遥夜③，竟夕④起相思。

灭烛怜⑤光满，披衣觉露滋⑥。

不堪盈手赠，还寝梦佳期。

注释

① 怀远：怀念远方的亲人。

② 情人：多情的人，指作者本人；一说指亲人。

③ 遥夜：长夜。　④ 竟夕：终宵，一整夜。

⑤ 怜：爱惜。　⑥ 滋：湿润。

译文

辽阔无边的大海上升起一轮明月，使人想起了远在天涯海角的亲友，此时此刻也该是望着同一轮明月。

多情的人都怨恨月夜漫长，整夜里不眠而把亲人怀想。

熄灭蜡烛怜爱这满屋月光，我披衣徘徊深感夜露寒凉。

月华虽好但是不能相赠，不如回到梦乡觅取佳期。

172

西枚

一句"海上生明月"虽然气势磅礴，还是让我联想到谢灵运的"池塘生春草""明月照积雪"，句式如出一辙。没记错的话，张宰相的《春江晚景》中"江林多秀发，云日复相鲜"也是化用了谢灵运的"云日相辉映，空水共澄鲜"？莫非您也是谢公的"铁粉"？

张九龄

没错，我是如假包换的"谢粉"，但愿能传承前辈的半分灵气。

冬梅

您完全是青出于蓝而胜于蓝！开篇五个字即把雄浑壮大的意境铺陈开了。

包子老师

这五个字也有张若虚《春江花月夜》中名句"海上明月共潮生"的影子。张宰相在化用的基础上做了升华处理，勇气可嘉！

西枚

之后的"天涯共此时"接得相当丝滑，"天涯"照应到"远"，又暗示了"怀"，由第一句的"景"入了"情"，再转入"怀远"，直奔主题——这效率也没谁了。

包子老师

没错，这两句开门见山，紧扣题目，借景抒情，将诗题的情景全部收摄，毫不牵强，这种浑然自成就是张宰相诗作的显著风格。第三、四句承接前句，揭示了相思的主题，进入情感描写。因望月而怀远，因怀远而相思，因相思而无眠，又因无眠而怨夜长，情感层层铺叙，丰富细腻，竟有一种生动的立体感。

冬梅

前两句可看作外景，描述的是一个广阔的海天世界以及诗人最旷远的思绪，后两句则是从室外回到室内，从全景来到焦点，从宏达的背景出发，走进深邃的情感，像从一个广角进入一个特写，感觉既丰富又有层次。

173

张九龄

你这个形容我虽看不懂，但大受震撼！

包子老师

哈哈，同学们以后写作时也要像张宰相这样，情感描写要层层递进，切忌用力过猛。

西枚

颈联承接颔联，把彻夜难眠的形象传神地刻画出来。此刻的明月成了诗人的依托，也是他的希望和知己。

包子老师

没错，这两句写出诗人深夜在月下徘徊的情景，将对远方故人的思念之情彰显得淋漓尽致，让人内心宁静，又带着些惆怅之感。

冬梅

最后两句情景交融，以"梦佳期"作结，道尽情思，足见张宰相的一颗文艺心。

包子老师

这里有个伏笔，就是暗用了西晋文学家陆机"照之有余辉，揽之不盈手"这两句诗意。张宰相翻古为新，悠悠托出不尽情思，余韵不绝。

张九龄

我们那个时代，衡量一个人是不是学富五车，就看他引用、化用的功夫到不到家。

冬梅

嘿嘿，张宰相还是没忍住"凡尔赛"了一把！

174

课后小结

< 发现　　　　　　　　　　包子圈　　　　　　　　···

包子老师

本诗脍炙人口的是头两句，火了千余年，甚至掩盖了作者的光辉。其实张宰相本人非常有看点，风度翩翩，气质优雅，标准的文如其人。以后我们会学到他更多的诗作，也会用他所擅长的层层递进的方式了解他的诗、他的人。

 王维
世人都说我王维人帅气质佳，其实张宰相才是一表人才，颜值与著作等身，事业也搞得风生水起。你们当代人津津乐道的"高富帅"加起来，魅力也不如一个张九龄。

 张九龄
回复王维：咳咳，摩诘又一本正经地胡说八道了，大家听听权作一笑。

 杜甫
我可笑不出来。难道我官至左拾遗，就因为颜值不过关？

 孟浩然
回复杜甫：子美，不要敏感嘛。再说了，谈诗论词，只看才华，不涉及容貌……不过呢，张大人绝对是被政务耽误的超级偶像，诗比人红实在是冤。同学们有时间一定要去看看我们大唐这位文艺宰相的其他作品，不会令诸位失望的。

 冬梅
心动不如行动，这就去！

175

风度得如九龄否？

张九龄不仅有才有眼光，还是名副其实的美男子，唐玄宗每次见到他都会忍不住多看几眼。史书里描述张九龄"耿直温雅，风仪甚整"，无论在家闲坐，还是打卡上班，都穿戴整齐，走起路来步伐矫健，眉宇之间神采飞扬。为了保持仪容，他还有一个很有创意的发明。

当时，群臣上朝都要带笏（hù）板。笏板有点像今天的记事簿，用以记录要汇报的事项以及君王的旨意。以前文武大臣出门上马或坐轿，都是把笏板往腰里一别，张九龄觉得如此装束有失风雅，便命人做了一个精致的"笏囊"。每次上朝，他都将笏板装进笏囊，自己只管昂首挺胸地向前走，随从捧着笏囊在后边跟随，再也不会因为腰间别个笏板而有损风度。张九龄此法，引得众朝臣纷纷效仿，蔚然成风。

唐玄宗每每看到张九龄上朝，都感到精气神为之一振。此后，但凡再有人向玄宗推荐宰相人选，玄宗总不忘问上一句："风度得如九龄否？"俨然张九龄已成为御前选拔宰相的一面镜子。

以情造景 ／ 化远为近

第23课

送柴侍御

姓 名：	王昌龄（？—756年），字少伯
人生定位：	战地记者
专 业：	汉语言文学
文学地位：	七绝圣手
特 长：	七言绝句
短 板：	任性
爱 好：	社交、饮酒、赌博
工作经历：	江宁县丞
自我评价：	生命在于折腾，折腾的生命才有温度、有创造性、有影响力、有价值感

< 发现　　　　　　　　　　　包子圈　　　　　　　　　　　...

 包子老师

今天和十年未见的朋友重聚，又送他离开，真是无限感慨和伤感。借着这股澎湃的情绪，就带同学们学习一首既忧伤又励志的送别诗吧。话不多说，有请今天的"一日客座教授"——"七绝圣手"王昌龄王大人。

 王昌龄

送别诗何其多，偏偏把我的这首选出来，荣幸之至。本人一生点儿背，数度被贬，却有幸结识诸多情投意合的朋友，这是我毕生最值得珍视的财富。😢

李白
你们是不是觉得送别还作诗，也太矫情了？我们那时交通不便、联络不畅，有时再见就意味着再也不见，每次分别都像永别，作诗既是抒情，也是纪念。嘿嘿，这就是有文化的优势。

岑参
王兄为人豪爽率真，四海皆兄弟，送别诗也是作了一首接一首，已到了炉火纯青的境界。来看他给我的"为君啸一曲，且莫弹箜篌（kōng hóu）"——看似信手拈来，实则举重若轻。

孟浩然
后人考证我是和少伯喝酒吃海鲜，致使病情恶化才身故的。切！别离间我们了，就是再死一百遍，我也要和少伯对酌到天明——这样的友情谁懂啊！

评论　　　　　　　　　　　　　　　😊　发送

好友介绍

岑参（约715—770年），唐朝著名诗人，与高适并称"高岑"。代表作有《白雪歌送武判官归京》《逢入京使》等。

179

今日课堂推荐诗词

送柴侍御

[唐] 王昌龄

沅水^①通波^②接武冈^③,
送君不觉有离伤。
青山一道同云雨,
明月何曾是两乡^④。

注释

① 沅水:一作流水。
② 通波:四处水路相通。
③ 武冈:县名,在湖南省西南部。
④ 两乡:指作者和柴侍御分处两地。

译文

沅江四处水路相通连接着武冈,我送你离开时没有感到悲伤。
两地的青山一同承受云朵荫蔽、雨露恩泽,同顶一轮明月又何曾身处两地?

180

西枚

允许我先表达一下自己对王教授的崇拜之情！您的不少诗作都是我的心头好。比如**"秦时明月汉时关，万里长征人未还""黄沙百战穿金甲，不破楼兰终不还"**……

包子老师

看来西枚对边塞诗情有独钟啊！

冬梅

今天的主题是送别，我最熟悉的王教授的送别诗是《芙蓉楼送辛渐》，一句**"洛阳亲友如相问，一片冰心在玉壶"**流芳千古，以冰心、玉壶自喻，既表达了自己对亲友的一片深情，也展现了自身的孤高耿介、清白高标。

王昌龄

多谢两位小弟子的喜爱。以前科技不发达，人们传情达意都靠作诗，不写得别致一些，也怕被人忘记，所以难免挖空心思……唉，为了创作，也是没少掉头发……

包子老师

这首《送柴侍御》展现的况味比较接近《芙蓉楼送辛渐》，优美而伤感……

冬梅

我倒不觉得伤感，王教授自己都说**"送君不觉有离伤"**，估计是分别太多，都免疫了。

王昌龄

这不过是一种表达方式罢了。离别怎可能不伤感呢？尤其在那个一旦分别就不知何时再见的时代，可好友柴侍御已经很伤心了，我就不能再给他添堵，所以才以故作轻松的基调去写。

181

包子老师

正所谓"明日隔山岳，世事两茫茫"。同学们恐怕很难体会古时分别的伤感，不妨听听王教授的创作思路。

王昌龄

第一句**"沅水通波接武冈"**是想写出一种两地相隔不远之感，以沅水可以畅通无阻地流向武冈，来表达龙标与武冈之间的交通便利，从而引出"不觉有离伤"，先给全诗奠定一种看似欢快的基调。**"青山一道同云雨，明月何曾是两乡"**，用"同云雨"和"一乡"再次突出"近"的意思，但实际上两地并不近。

包子老师

整首诗通过青山、云雨、明月等意象，把距离化远为近，两乡变为一乡，是想表达虽然分隔两地，但情同一心的深厚友谊。这正是王教授独具匠心的高明之处，诗中的意象随着远去的友人，一起成为思念朋友的凭据。

冬梅

我想到王勃的"海内存知己，天涯若比邻"，王教授其实是改了个说法：明月能够照到的地方，就是我们共同的家。换言之：只要彼此心系对方，就好像从来没有分离一样。

西枚

因为送别不计其数，心伤也不计其数，也就渐渐看淡了这种离别之伤，因而王教授才能反过来安慰朋友，不必太伤心。

包子老师

全诗一扫送别诗中那种凄凄惨惨戚戚的愁绪，意态从容，格调高昂，尤其最后一句，甚至能读出一丝励志的味道，让人心情振奋。

王昌龄

你们能读出振奋之情，也是我的知音啦！

< 发现　　　　　　　　包子圈　　　　　　　　…

包子老师

提起"七绝圣手"王昌龄，我们想到的往往就是边塞诗，其实王教授的内心相当细腻，这种细腻最直接的表现就是他的送别诗。诗人通过丰富的想象与联想，创造出种种新的意象，**以情造景，化远为近**，使现实中的情景事物产生变形，有点像正话反说，出人意料，亦在情理之中。

岑参

想和王兄做朋友，先得把送别诗写好。他的一生就是漂泊的一生，每次相见都是在为下次分别做准备。他被贬江宁之际，轮到我为他饯行，伤感得有点语无伦次，索性甩了句大白话："惜君青云器，努力加餐饭"，没想到深得君心。

李白

少伯被贬龙标时，我也与之有过唱和，你们都记得那句"我寄愁心与明月，随君直到夜郎西"吧！听说有人觉得言辞肉麻？唉，没文化真可怕！

孟浩然

回复王昌龄：少伯，不论你身在何处，如果想喝上一杯，一定记得招呼我！不要再为那顿"海鲜大咖"内疚不已，这世间，唯有好友和美食不可辜负！

冬梅

真羡慕几位的友情！

西枚

王教授人品过硬，才能将盛唐诗坛的半壁江山都划入他的朋友圈啊！

王昌龄和孟浩然"过命"的交情

说起诗坛佳话，王昌龄和孟浩然的友谊算是一段。一个边塞诗高手，一个田园诗翘楚，却因同样的真性情而成为一生的知己。可坊间却有考证，说孟浩然的去世王昌龄是始作俑者。这是怎么回事呢？

孟浩然于仕途郁郁不得志，王昌龄则在贬谪路上风雨飘摇。相似的经历让二人有说不完的话，一有机会相聚就把酒言欢。

740年，王昌龄途经襄阳，顺便看望孟浩然。听说好友来访，老孟杀鸡宰牛、烹制海鲜，和王昌龄把酒言欢。谁知别后，王昌龄人还没到长安，就收到孟浩然去世的消息。原来，孟浩然身有旧疾，疽病未愈，本应忌口海鲜，但老友相见的喜悦让他忘了避讳，以致旧病复发，最终丧命。若史实如此，这二人可真是"过命"的交情了。

论诗三十首·其四

第24课

以诗论诗，兼而品人

不幸成就伟大

姓　　名：	元好问（1190—1257年），字裕之
人生定位：	文艺评论家
专　　业：	汉语言文学、历史学
文学地位：	北方文雄、一代文宗
特　　长：	丧乱诗、散曲
短　　板：	考试
爱　　好：	饮酒
工作经历：	尚书省左司员外郎
自我评价：	自学改变命运，人生无限可能

< 发现　　　　　　　　　　包子圈　　　　　　　　　　…

包子老师

突然有个重大发现，原来文豪也有偶像，还都指向同一个人。李白、杜甫、王维、白居易、苏轼、辛弃疾、龚自珍……都是他的小迷弟。这位"偶像中的天花板"，就是开创田园诗派的隐逸诗人陶渊明。有请宋金对峙时期北方文学的文坛盟主——元好问元盟主担任"一日客座教授"，用"以诗论诗"的方式，给同学们揭秘陶诗的独特风韵是如何击中历代文豪的。

元好问

不要再盯着我那句**"问世间，情是何物，直教生死相许"**了，我真不是言情作家！很高兴你们发现了《论诗三十首》。有人说，如果生在和平年代，我会是个特别称职的教师或者出色的文艺批评家——谁知道呢？不知将来我的那些诗作会被何人点评？😊

李献能

回复元好问：裕之何必伤感！我们这些舞文弄墨之辈除了自己写出来怡情，不也盼望"天下谁人不识君"嘛！正如你笔下论及的诸位前辈，若泉下有知，必定为有你这样的知音感到欣慰。

耶律楚材

以裕之之才，本应为股肱之臣，我多番劝他出山，他就是不肯，倒是给我推荐了不少良才。只能说生不逢时，我愿下辈子与他再为知己，通江唱和①，就像当年的元稹、白居易。

冬梅

元盟主的人缘真好啊！

西枚

我以前对元盟主了解不多，借这次机会好好体会一下"北方文雄"的风采。

评论	☺	发送

好友介绍

李献能（1192—1232年），字钦叔。金末官员，学者李献甫堂兄，苦学博览，擅作文章，因兵变遇害。

耶律楚材（1190—1244年），字晋卿，号湛然居士、玉泉老人，蒙古语名吾图撒合里（意为长髯人），契丹族。辽东丹王突欲之八世孙，金尚书右丞耶律履之子，大蒙古国政治家，太祖、睿宗、太宗三朝宰辅。

① 通江唱和：元稹、白居易在相识之初，即有酬唱作品，此后二人分别被贬，一在通州，一在江州，虽路途遥遥，仍频繁寄诗，酬唱不绝。"通江唱和"，也就成为文学史上的一段佳话。

今日课堂推荐诗词

论诗三十首① · 其四

[金] 元好问

一语天然②万古新，
豪华③落尽见真淳④。
南窗白日羲皇上⑤，
未害⑥渊明是晋人。

注释

① 论诗三十首：继杜甫之后，元好问运用绝句形式比较系统地阐发诗歌理论的著名组诗。他评论了自汉魏至宋代的许多著名作家和流派，表明了他的文学观点，对后世有重要影响。

② 天然：形容诗的语言平易，自然天真。

③ 豪华：指华丽的辞藻。　　④ 真淳：真实淳朴。

⑤ 羲皇上：羲皇上人，指上古时代的人。　　⑥ 害：妨碍、影响。

译文

陶渊明的语言平淡、自然天成，摒弃纤丽浮华的敷饰，露出真朴淳厚的美质，令人读来万古常新。

陶渊明自谓上古时代的人，但并未妨碍他仍然是个晋人。

188

西枚

前两句并不难懂，是说陶潜的诗自然天成，摒弃了浮华文字，充满了真朴淳厚的美质，令人常读常新。

冬梅

难的是后面。这个**"南窗白日羲皇上"**是什么意思？不是说陶诗吗，怎么一下子扯这么远？

元好问

这句是用了典故。《晋书·陶潜传》中有："尝言夏月虚闲，高卧北窗之下，清风飒至，自谓'羲皇上人'。"是说陶翁常在窗下高卧，自称上古之人。那时的人没有纷争，无忧无虑，生活闲适。

包子老师

这样一解释，最后一句就好理解了。生活在朝代更迭的时代，战乱不断，陶翁却能远离是非，做一个与世无争的躬耕者，还有自比"羲皇上人"的气度，心态极好，难能可贵。元盟主这两句诗评的就是他坚持做晋人的傲骨精神。

西枚

《论诗三十首》中不少都是一首诗提到不止一位诗人，但陶诗却独占一首，可见陶翁在元盟主心中的地位不一般。莫非您也是五柳先生的"粉丝"？

元好问

陶诗那种平淡如口语的农家诗调性与六朝崇尚的"错彩镂金"的审美追求格格不入，当时的主流文坛并没有给予相应的重视和客观的评价。随着时间的推移、诗歌艺术的不断发展，陶诗的价值方才显露，这种浑然天成的韵味是极难模仿的，看似平淡，实则意蕴无穷。所以李太白、杜子美、白乐天、苏子瞻这样的奇才对他也只有艳羡的份儿，更不要说老夫这样的庸常文人了。

189

冬梅

就像我姥爷收藏的那些老酒，经过时间的酝酿和沉淀，看起来更纯粹，浓缩的都是精华！

包子老师

这首诗论前两句评的是诗，后两句赞的是人。虽为七绝，笔墨有限，却如见其人，如闻其声。这是将"诗"与"人"都品到极致，又化为诗句，**以诗论诗，诗意倍增。**

元好问

"以诗论诗"并非老夫首创，杜子美的《戏为六绝句》才是珠玉在前。建议同学们也去读读。通常的形式就是绝句，每首可谈一个问题；把多首连缀成组诗，又可呈现完整的艺术见解，还挺有趣的。

冬梅

以后，我们也别洋洋洒洒八九百字写作文了，练习练习写绝句吧，不到三十个字搞定！

西枚

看着越简单，越要凝练精致，这可不是一时半会儿的功夫！

包子老师

学无止境，同学们任重而道远啊！

课后小结

‹发现　　　　　　　　　　　**包子圈**　　　　　　　　　　　**•••**

 包子老师

这节课我们接触了一种新的绝句题材——以诗论诗。虽然元盟主自认他的诗论不是首创，却不能不说这套组诗的见解独特，褒贬精当，**既评诗又品人**，兼具理性之光和感性之美，这是很了不起的啊！😊

♡　　

 元好问

写的时候我也在想自己有没有点评前辈名家的资格，后来也释然了，任何艺术作品呈现出来不就是给人看、给人欣赏的吗？再美的花若无人欣赏，也会感到寂寞。所以，真心期待后人能对我的诗作有所点评。🌼

 耶律楚材

回复**元好问**：裕之，你欠我一个股肱之臣！下辈子，让我们同呼吸、共命运，一起实现你我心中的宏图大志！🌹

 包子老师

元盟主可以考虑搞个品诗论坛，办得高端一点，还可以邀请南方诗坛的朋友一起头脑风暴。

 冬梅

好呀好呀！光是想想都觉得好兴奋啊！各位老师到时候一定要分享朋友圈哟！

 西枚

会请陆游和辛弃疾吗？

 包子老师

嘿，元盟主不请，为师的课上也会请！🤪

191

落笔成文，写尽千古深情

　　十六岁的元好问在赶考路上，见到了一对死亡的大雁。据附近村民说，这对大雁常在这一带上空盘旋，情投意合，不离不弃。谁知其中一只被人捕获，另一只竟毅然决然选择同生共死，雁头触地而亡。

　　元好问听后大为震撼，遂从怀中掏出银两买下这对殉情之雁，并妥善安葬好它们，还给雁家取名"雁丘"。有感于此，他还写了一首词，这就是《摸鱼儿·雁丘词》的由来。首句堪称绝响——"问世间，情是何物，直教生死相许？"道出了他的困惑与敬佩之情。困惑的是，这种至死不渝的感情到底有何种魅力；敬佩的则是两雁生死相随的意念和决心。自此，这首词也成为人们世代相传、讴歌坚贞爱情的颂歌。

　　后人有感于这首词的美学容量，汲取其中的文化要素在太原汾河景区内建造了一座雁丘园，大批游客慕名来此打卡，流连人文古建、品味文韵诗意。

一剪梅·游蒋山呈叶丞相

拿来主义，提升意境

大宋第一猛男

姓　　名：	辛弃疾（1140—1207年），号稼轩
人生定位：	六边形战士
专　　业：	汉语言文学、军事
文学地位：	词中之龙
特　　长：	能文能武，专治各种不服
短　　板：	政治嗅觉差
爱　　好：	舞剑
工作经历：	枢密都承旨
自我评价：	不想当将军的才子不是好文人

〈发现　　　　　　　　　包子圈　　　　　　　　　...

 包子老师

说起"文人里最能打的，武将里最能写的"，非辛弃疾莫属。今天，我们有幸请到这位千里走单骑擒拿叛徒的英雄人物担任我们的"一日客座教授"。不过，这节课要学习的却是他的一首婉约作品。不用质疑，有些人不文艺则已，文艺起来还挺可人的。

 辛弃疾

没错，包子老师说的是我，是我，就是我！我以武起事，在中国文学史上算是一个另类。大伙儿印象中的辛弃疾都是纵横沙场的光辉形象，是时候展示一下本人豪放之外的别样气质了。😋

陈亮

回复辛弃疾：我和稼轩是史上有名的创作"搭子"，他诗词里频繁出现的"同甫"就是在下。可惜，我们哥儿俩一个比一个混得惨。抗金事业屡屡受挫，他被闲置外放，我险些将牢底坐穿。但我们从未认过命。稼轩的鼓励，我一直铭记于心。稼轩，啥时候再一起雪夜煮酒啊？

陆游

抗金是我一生的志向。在这条路上，我并不孤单，稼轩和我是一个战壕的战友。在年近八十之际，还能和稼轩喝酒作诗，真乃人生一大快事。"大材小用古所叹，管仲萧何实流亚。"我永远为稼轩摇旗呐喊。

叶衡

你们真不曾留意稼轩的军事才能吗？他撰写的《美芹十论》《九议》等奏疏，都是最好的证明。希望大家能够了解不止一面的他。对了，你们今天要学的这首词就是他送给我的。这份殊荣可不是人人都有的。

冬梅

我倒要看看这个"人中之杰、词中之龙"是怎么个文艺法的！

西枚

不止一面，才是大家。

评论   发送

好友介绍

 陈亮（1143—1194年），原名汝能，后改名陈亮，字同甫，号龙川。南宋思想家、文学家。辛弃疾的好朋友。抗金代表人物。代表作有《龙川文集》《龙川词》等。

 叶衡（1114—1175年），也就是诗词题目中的"叶丞相"，字梦锡。1174年入京拜相。与辛弃疾关系密切。

今日课堂推荐诗词

一剪梅·游蒋山[1]呈叶丞相

［宋］辛弃疾

独立苍茫醉不归。日暮天寒，归去来兮。探梅踏雪几何时。今我来思，杨柳依依。

白石冈[2]头曲岸西。一片闲愁，芳草萋萋。多情山鸟不须啼。桃李无言，下自成蹊。

注释

1 蒋山：钟山。

2 白石冈：位于建康朱雀门外。

译文

　　我独自坐在空阔的钟山上饮酒，天色已晚，天气寒冷，是该回去了。曾几何时，我们一起踏雪寻梅，如今却要分别。你离开后，我会怎样思念你呢！

　　长江西岸的白石冈长满了萋萋芳草，引人增添愁绪。我对你的思念不用这山鸟表达。就像桃李不主动招引人，但人们都来看它们的花，采摘它们的果实，于是在树下走出了一条小路。

冬梅

我一直以为辛老师的作品都是"气吞万里如虎"的豪放风格，没想到婉约起来也很有一手。

西枚

而且不乏精品，最出名的就是那首《青玉案》，"众里寻他千百度。蓦然回首，那人却在，灯火阑珊处"。还有，"明月别枝惊鹊，清风半夜鸣蝉""最喜小儿亡赖，溪头卧剥莲蓬"的小清新作品，辛老师也是信手拈来。

包子老师

稼轩风格千千万，今天我们重点分析辛老师的婉约细胞。

辛弃疾

写这首词时，我正在建康任职。词中的叶丞相，就是好朋友叶衡，他和我一样，也怀着抗金的坚定意志。当时他正准备离开建康奔赴京城，所以我写下这首词和他告别。

西枚

"独立苍茫""日暮天寒"，这气氛有点伤感啊！

包子老师

在伤感的氛围中，辛老师忆起和友人曾经踏雪寻梅的美好时光，想象着日后自己独来，真给人一种物是人非的凄凉感。好啦，让我们从伤感的情绪中跳脱出来。谁看出词中一个很显著的特点了？

冬梅

引用和化用吗？我觉得某些词句似曾相识。比如这句"归去来兮"出自陶渊明的《归去来兮辞》。

197

辛弃疾

没错，还不止一处呢。我们简单梳理一下它们的源头。"独立苍茫"出自杜甫的《乐游园歌》，"此身饮罢无归处，独立苍茫自咏诗"；"日暮天寒"出自杜甫的《佳人》，"天寒翠袖薄，日暮倚修竹"；"杨柳依依"出自《诗经·小雅》，"昔我往矣，杨柳依依。今我来思，雨雪霏霏"；"芳草萋萋"出自《招隐士》，"王孙游兮不归，春草生兮萋萋"；"桃李无言，下自成蹊"在《史记·李将军列传》中可以找到。

包子老师

我再给大家拓展几个例子。晏几道的《临江仙》中有一句"微雨燕双飞"，出自五代翁宏的《春残》；柳永的"杨柳岸，晓风残月"化用了韩琮的"晓风残月正潸然"；在苏轼的"明月几时有，把酒问青天"之前，李白就写下"青天有月来几时？我今停杯一问之"；王勃最著名的那两句"落霞与孤鹜齐飞，秋水共长天一色"也有来处，是化用庾信的"落花与芝盖同飞，杨柳共春旗一色"。

西枚

我发现很多引用和化用的诗作，比之前的更有名。如果学识不够渊博，都不知道它们最初的来源。

冬梅

这就是所谓的站在巨人的肩膀上嘛！

包子老师

好的引用和化用，能够让作品的意境更上一层楼。

课后小结

< 发现　　　　　　　　　　包子圈　　　　　　　　　…

包子老师

这节课我们重点重温了诗词的引用和化用。写作时，无论标题还是行文，好的引用和化用都能提升文章的文化内涵，起到意想不到的效果。同学们要**善用、巧用这样的"拿来主义"**哟！

辛弃疾

有人觉得引用、化用有剽窃之嫌，会淡化原创性。完全是多虑了，只要用得巧妙，它们只会具有画龙点睛之妙。

陆游

大家熟悉的"山重水复疑无路，柳暗花明又一村"也有来处，我正是化用了强彦文的"远山初见疑无路，曲径徐行渐有村"。引用和化用属于前人栽树后人乘凉，没什么不好意思的。

朱熹

我有一首走红海外的诗作《偶成》，其中的"一寸光阴不可轻""未觉池塘春草梦"，也是化用了王贞白的"一寸光阴一寸金"和谢灵运的"池塘生春草"。反正都是公版资源，大家放心用，不用白不用！

西枚

还有王勃的"海内存知己，天涯若比邻"，化用的是曹植的"丈夫志四海，万里犹比邻"。

冬梅

我们太幸运了，有那么多文学财富可以借用，还有什么理由写不好作文呢！

199

千里走单骑，乱军中取首级

能文能武的辛弃疾，是宋代词人中的佼佼者。他不光把词人的身份做到极致，驰骋沙场时也不含糊。

辛弃疾生活的年代，正是金国举兵南下之际。二十一岁的辛弃疾变卖家产，拉起一支两千人的队伍，投靠起义军。一次，军中出了叛徒，偷了印信投敌。他单枪匹马追上叛徒，将其斩首，追回印信。但这还不是辛弃疾的最高光时刻。

又一次，起义军再度出现叛徒，并杀了起义军首领投靠金国。据说辛弃疾只带了五十精兵就勇闯有五万兵将的敌营，活捉叛徒。这件事直接传到南宋皇帝的耳中，辛弃疾就此开启了自己的为官生涯。

送李侍御赴安西

气势纵横 / 音韵铿锵

第26课

『草根』逆袭的天花板

姓　　名：高适（约700—765年），字达夫
人生定位：爽剧大男主
专　　业：汉语言文学、军事
文学地位：带刀诗人、唐朝诗人中唯一封侯者
特　　长：厚积薄发
短　　板：口吃
爱　　好：音乐、书法
工作经历：刑部侍郎、散骑常侍、渤海县侯
自我评价：中年危机？不存在的！逆袭才是我的人生剧本

< 发现　　　　　　　　　　　包子圈　　　　　　　　　···

包子老师

骑马的感觉太酷啦，空气里都弥漫着自由的味道！此时此刻，我是不是应该吟咏一首豪放雄壮的诗文，烘托一下气氛？想到就做，还等什么！有请著名的边塞诗人——高适高大人，担任今天的"一日客座教授"。

岑参

世人常将我和高常侍（高适）相提并论，还搞出个"高岑"组合，我可不敢当！没错，我两人生轨迹是挺像，家道中落，幼年失孤，志向高远，刻苦上进，寻求报国之门……但也仅限于此。人家老高是几分耕耘几分收获，晚年人生开了挂，挂着闪花眼的军功章驾鹤西游。我呢？呵呵……

202

高适
回复岑参：岑老弟，不要酸嘛！你至少从小一直有书读，我呢，前半生就是个赤贫的农民，考试也不灵，只能去参军，这是拿命在拼啊！有首歌怎么唱的——我拿青春赌明天，你用真情换此生，说的就是我。

王昌龄
都是朋友，何必做这些无谓比较？非要比的话，就比比谁流传的名句更好，谁积累的"粉丝"更多，谁的路人缘更佳！

王之涣
回复王昌龄：　少伯，你啥意思？拉仇恨吗？欺负我存世的诗作不多是吧！没错，我就流传了六首绝句，可三首都是边塞诗。就凭这三首也跻身了"边塞四诗人"之列，谁是那个"更好""更多""更佳"，不言而喻！

冬梅
嘿，真热闹！原来"边塞四诗人"还互相不服气呢？

西枚
学习为主，顺带"吃瓜"。

评论　　　　　　　　　　　　　　　　　　　　 发送

好友介绍

王之涣（688—742年），盛唐时期的著名诗人，字季凌。他以善于描写边塞风光著称，是浪漫主义诗人。其诗多被当时乐工制曲歌唱，名动一时。

送李侍御赴安西[1]

〔唐〕高适

行子对飞蓬，金鞭指铁骢[2]。

功名万里外，心事一杯中。

虏障[3]燕支[4]北，秦城太白东[5]。

离魂莫惆怅，看取宝刀雄[6]！

注释

1. 安西：安西都护府，治所在今新疆维吾尔自治区库车县。
2. 骢（cōng）：指黑色的骏马。
3. 虏（lǔ）障：指防御工事。
4. 燕支：山名，这里代指安西。
5. 太白东：具体指秦岭太白峰以东的长安。
6. 宝刀雄：指在边地作战建立军功的雄心壮志。

译文

作为行客面对着飞蓬，手持金鞭指挥着骏马。

远行万里之外求取功名，万千心事全寄托在一杯别酒中。

安西在燕支之北，长安在秦岭太白峰以东。

离别时不要难过，就让宝刀来实现你的雄心壮志吧！

西枚

这首送别诗还挺特别的，没有一丝绵软的伤感，全是"金鞭""铁骢""宝刀"这样的硬朗之气。

 冬梅

一看就没走心读。瞧，这里有个"心事"，那里还有个"莫惆怅"，多明显的不舍之意。

 高适

两位小学子不要争论了。要知道，友人李侍御是去军中建功立业，那可是大好前程一片，我纵有不舍，也实名羡慕。人活一世，还有比保卫家国更值得做的事情吗？

包子老师

首联着重描绘李侍御离别时的场景。"行子"指即将远行之人，"飞蓬"指天上飞来飞去的蓬草，都是古诗词中的常见意象，多用来形容游子。当然，这一联最亮眼的还是李侍御临别时的勃发英姿，手挥"金"鞭，胯下"铁"马，更添行客坚强凌厉、意气昂扬的气势，画面感相当具有冲击力。

 冬梅

好飒啊！

包子老师

后面更出彩。友人要去万里之外求取功名，分别在即，所有的不舍、担忧、祝愿都来不及说，全在酒里了。"万里"与"一杯"这种空间上的大开大合极富抑扬顿挫之感，是不是很容易引发共鸣？

 高适

好友就要远行建功立业，不舍是难免的，但也真心祝他前程似锦。

西枚

那么颈联就是在刻画你们二人的境遇吧？对于李侍御来说，他在燕支以北戍边，高大人只能留在太白山以东的长安城中。

高适

没错。这一联呢，一方面是由衷祝愿朋友一展宏图，另一方面有点黯然。身为有志男儿，谁不愿建功立业呢？但很多时候，"理想"和"实现理想"之间就差了"机缘"二字。

包子老师

尾联中，诗人再次运用雄健奔放的祝词砥砺对方。以"莫惆怅"相劝慰，又以"宝刀雄"相激励，是诗人勉励友人此行乃是去实现人生抱负，不能作小儿女之态。全篇在写送别，却意在送别之外，**气势纵横，音韵铿锵**，感染力爆棚啊！

高适

哎呀呀！想不到大家理解得这么透彻，今晚高低得喝一顿酒方能尽兴了！

课后小结

<发现　　　　　　　　包子圈　　　　　　　···

包子老师

边塞诗人连分别都那么奔放豪爽，一句"都在酒里了"就能心意相通。高常侍将情隐于景，既写了景，也抒了情，而且营造了一种大开大合的豪迈之气。也许，这种昂扬奋发的劲头正是盛唐时代的专属精神吧！

 高适

种田、打鱼、砍柴、读书、作诗……我曾以为人生就是这样，后来遇到李白、杜甫、王维、孟浩然、岑参、王昌龄……才知道人生竟有不同的样子。

 岑参

说我一点都不酸葡萄当然不可能。不过，没有人能随随便便成功，老高的功勋的确是风里雨里用血汗和才情浇铸出来的。

 王昌龄

岑嘉州（岑参）的诗瑰丽雄奇，高常侍的诗悲壮苍凉，本人的诗意境深远，一个都不能少，这才是边塞诗应该有的样子啊！

 王之涣

回复王昌龄：王少伯，你是存心的吧？你敢说出唐诗七绝之中的压卷之作是哪首吗？

 冬梅

王之涣老师好激动啊！难道压卷之作是他的《凉州词》？

 西枚

也有说是王昌龄的《出塞》。其实是谁不重要，反正都要考，背熟准没错。

旗亭画壁

一日，王之涣与高适、王昌龄在旗亭饮酒论诗，兴致上来了，叫来几名歌女唱诗助兴。

王昌龄说："咱哥儿几个在诗坛上也算有些名气，就是看不出名次。要不听听歌女都唱谁的诗，谁的诗被唱得多，谁就第一？"

高、王二人异口同声："甚好甚好，谁怕谁！"

三人在墙壁上写好自己的名字。

第一位歌女张口就是："洛阳亲友如相问，一片冰心在玉壶……"

王昌龄得意扬扬道："不好意思，是我的绝句《芙蓉楼送辛渐》，先得一分。"说着，在自己的名字下面画上一道。

第二位歌女柔声唱道："开箧泪沾臆，见君前日书……"

高适拍手称快："是我的《哭单父梁九少府》哟！嘿嘿，也记上一分。"说完在自己名字下面画了一道。

第三位歌女开口唱道："金井梧桐秋叶黄，珠帘不卷夜来霜……"

王昌龄喜形于色："《长信怨》！怎么还是我的？"然后在自己的名字下面加上一道。

王之涣有点沉不住气了："你们找来的都是末流艺人吧，只会唱这些下里巴人的诗文，那些阳春白雪的都不敢唱吧！"说着，他指了指最漂亮的一位歌女道："美人唱美文，若她唱的不是我的诗，那我甘拜下风！"

语毕，只见美女翩然起身，婉转的歌喉悠然而起："黄河远上白云间，一片孤城万仞山。羌笛何须怨杨柳，春风不度玉门关。"

高适、王昌龄不由得拍手称道，纷纷表示："仁兄之诗，确实高我等一筹，好诗好诗！"

王之涣得意至极，对两位好友道："还不赶快拜师！"

三位诗人开怀大笑。这就是有名的典故——旗亭画壁。

十一月四日风雨大作·其一

一种情景，两种心态

大宋首席『猫奴』

姓　　　名：	陆游（1125—1210年），字务观
人生定位：	爱国铲屎官
专　　　业：	汉语言文学、史学
文学地位：	著作等身，现存诗作9362首
所属社团：	南宋四大家
特　　　长：	文武双全、养生有道
短　　　板：	妈宝
爱　　　好：	吸猫
工作经历：	宝章阁待制
自我评价：	高层次的人生，都很有信念感

‹发现　　　　　　包子圈　　　　　　…

 包子老师

午夜梦回，独自缩在床头听雨声，只感到孤独寂寞冷。还好有毛孩子可撸，渐渐也就不感到苦闷了。让我想想谁也曾有过和我此刻一样的心境？没错，今天的C位就交给同为猫奴的陆放翁吧！欢迎本节诗词课的"一日客座教授"——伟大的爱国诗人陆游陆大人。

 陆游

说到撸猫，我可是很有发言权。你们都给猫儿起了什么名字？我的叫雪儿、粉鼻、小於菟，是不是很风雅？猫在我家不捕鼠，而是暖脚器——"夜长暖足有狸奴"。

韩元吉
务观是蛰居山阴那段时间入了猫奴的坑，结果一步步沦陷，最终踏上"铲屎官"的不归路。他写猫的诗就有二十多首，有一首我印象深刻："执鼠无功元不劾，一箪（dān）鱼饭以时来。看君终日常安卧，何事纷纷去又回？"这么说吧，陆家的猫前世一定拯救了银河系。

 范成大
我也养猫，却不像务观那么痴迷。他居然说这些毛孩子是"前生旧童子"，来"伴我老山村"。这哪里是宠物，分明就是灵魂伴侣！

 朱熹
回复陆游：陆兄，你家猫儿不抓老鼠，那么多藏书可咋办？要不搬去我家一些吧，哈哈！

 冬梅
以前我只知道陆放翁爱国！爱国！爱国！原来，他还爱猫！爱猫！爱猫！

 西枚
爱国的陆游见得多了，爱猫的放翁还是头回见。有趣！

评论　　　　　　　　　　　　　　　　　　　　　 发送

 好友介绍

 韩元吉（1118—1187年），南宋词人，字无咎，号南涧。其词词风雄浑、豪放、始终不忘北伐抗金，也常有英雄迟暮、功业无成的感叹。

今日课堂推荐诗词

十一月四日风雨大作·其一

[宋]陆游

风 卷 江 湖 雨 暗 村，

四 山 声 作 海 涛 翻。

溪 柴[1] 火 软 蛮 毡[2] 暖，

我 与 狸 奴[3] 不 出 门。

注释

① 溪柴：若耶溪所出的小束柴火。

② 蛮毡：中国西南和南方少数民族地区出产的毛毡，宋时已有生产。

③ 狸奴：对生活中被人们驯化而来的猫的昵称。

译文

　　大风好似卷起江湖，下雨黯淡了村庄，四面山上被风雨吹打的声音，像海上的浪涛翻卷。

　　若耶溪所出的小束柴火和裹在身上的毛毡都很暖和，我和猫儿都不愿出门。

冬梅

《十一月四日风雨大作》还有上集吗？竟是和"铁马冰河入梦来"完全不一样的意境。

西枚

这瓢泼大雨也太离谱了，感觉全村都要被打包卷走了，这夸张手法也是没谁了……

包子老师

夸张手法的最大作用就是让所写之景更加生动，深入人心，为下文想要表达的心境奠定基调。试想一下，雨夜、火炉、毛毡，独坐床头，体会到满溢的悲凉之感了吗？

冬梅

我怎么觉得后两句反而写出了无比的安全感？外面风雨大作，待在家里多踏实啊！

包子老师

冬梅的理解也对。字面上确实暖意融融，但设身处地地站在放翁的角度设想一下，如果是一个决心归隐且喜欢撸猫的人，大概率是不会觉得孤独的，但对于一心要收复失地却不受重用的有识之士来说，这就是煎熬啊！

西枚

原来，诗人是将主观感觉与"狸奴"结合在一起写，呼应了他此时的孤寂。

陆游

想要完全读懂这组诗，确实要结合着一起看。其一主要写了老夫所处的境地，而要表达的心声都在同学们学过的其二中。

西枚

"夜阑卧听风吹雨，铁马冰河入梦来。"柴火和毛毡在风雨交加的夜晚着实不管用啊，依然寒气逼人，即便"狸奴毡暖夜相亲"，也温热不了苍凉的心境……

 陆游

不过换个角度看，你们不觉得这组诗展示的是面对**一种情景的两种心态**吗？人生之道，应该一张一弛，我也不能时刻保持义愤填膺的状态，不然早抑郁了。之所以身处逆境还能保持旷达乐观，估计和我养宠不无关系。

包子老师

没错，喜爱小动物的人都是热爱生活之人。也只有真正热爱生活的人，才渴望为和平去战斗。所以，两首诗在思想感情上并不矛盾。

 西枚

想想也并不奇怪，艺术家大多具有两面性。其一中，放翁的画风是这样的："妈呀，外面好可怕！好在我被窝暖和，就不出门啦，躲家里撸猫吧！"其二呢，诗人就像变形金刚一样，顿时踌躇满志："国家风雨飘摇，山村也风雨交加，二者相应相和，在我梦中成了收复故土的百万雄兵。"风格迥异，这才是大家风范啊！

 冬梅

在家里撸猫，在梦中征战，这样的大家，我也是爱了爱了！

 陆游

生活就是痛并快乐着。爱国是出于民族大义，爱猫才是人性的光辉！

课后小结

包子老师

今天，算是将这组著名的《十一月四日风雨大作》完整学完了。这是陆游生命中非常重要的一场风雨。风雨中，诗人不仅贡献了夸张的修辞手法，还将心理活动与动物结合来写，强化了主观感受。通过补充其一涉及的知识点，大家是不是更能理解其二中那个"痴情化梦"的手法了呢？

陆游
《示儿》的后劲太大，世人都觉得我是抑郁而终。其实我挺长命的，八十五岁在当时算是罕见的高寿。若问养生秘诀，我只有"二字"奉赠——养只毛孩子吧！嘿嘿！✌

韩元吉
从未见过务观这样"吸猫"成瘾之人，宁肯自己吃糠咽菜，也要给毛孩子均衡饮食。😯

范成大
没错，常常是钓鱼钓一天，鱼篓子都装不下了，还送给我家的猫吃，说什么"鼠穴功方列，鱼餐赏岂无"……

朱熹
回复陆游：务观，咋不回复呢？我刚装修了白鹿洞书院，你家的藏书快转移到我这里来，算是捐赠了，授予你书院终身荣誉教授。😤

冬梅
谁能想到陆放翁心里惦念江山社稷的时候，怀里搂的竟是喵星人……

西枚
有了猫咪的陪伴，感觉放翁的锐利之气削减了不少，也更让人亲近了几分。

高寿诗人的养生之道

我们与长寿之间的距离，只差一位陆游！

放翁享年八十五岁，无论古今都堪称高寿之人。晚年的他身体硬朗、耳聪目明、行走自如，很是令如今的"脆皮"年轻人羡慕不已。

陆大人的养生秘诀，一是凡事想得开，受到奸臣的排斥打压也不愁，回到老家开启闲云野鹤般的田园模式；二是活动筋骨，陆大人诗云"平生爱山每自叹，举世但觉山可玩"，妥妥的登山爱好者；三是合理饮食，提倡"以素为主，兼及荤腥"，常喝稀粥，并非白粥，而是添加含有各类营养价值的食材熬制而成；四是四季饮茶，他常自比"茶圣"陆羽，还说"桑苎家风君勿笑，他年犹得作茶神"，自信得很；五是洗足泡脚，他可能是知道脚为人体的"第二心脏"，于是坚持睡前用热水洗脚，并将之视为一种享受……对了，差点忘了，还有一点非常重要，就是与宠相伴。不得不说，有了猫咪的陪伴，陆游孤独寂寥的生活也变得趣味横生，这对志向难伸、内心郁闷的诗人来说，不可不说是一桩幸事。

第28课

问刘十九

意象组团出击
合理搭配色彩

『京漂』青年

姓 名：	白居易（772—846年），字乐天
人生定位：	说唱歌手
专 业：	汉语言文学
文学地位：	诗魔
特 长：	共情高手
短 板：	脱发
爱 好：	听琴、弹琴、饮酒
工作经历：	刑部侍郎
自我评价：	卷又卷不赢，躺又躺不平

课前通知

 包子老师

今天天气很好，突然好想找个朋友喝茶聊天。好歹咱也算个文化人，邀约也要邀得得体。干脆就请乐天居士来做我们的"一日客座教授"，让他打个样，教教我们该如何风雅地发出邀请。

 白居易

我猜包子老师是要我讲讲那篇《问刘十九》。"雅致"二字不敢当，撰写邀请函，相信我的诗人朋友都很擅长。😋

218

刘禹锡
把应用文体上升到文学高度，是我们那一代文人的使命。乐天是个中楷模。他的作品从来都是最接地气的，人气也最旺。《问刘十九》的文字直白似信手涂鸦，却又余韵绵长，高手中的高手没错了。

元稹
回复白居易：乐天著作等身，专门写给我的诗作文章也不少，我都妥善珍藏着，但还是挺嫉妒这位刘十九，居然收到这样别致的小诗，寥寥数语却让人在雪夜如沐春风——不行，乐天啊，你欠我一首这样的温馨小诗哟！

冬梅
我已经等不及想见识一下乐天居士的雅致邀约了。

西枚
包子老师快点开课吧！

评论　　　　　　　　　　　　　　　　　　😊　发送

 今日课堂推荐诗词

问刘十九①

[唐] 白居易

绿蚁②新醅③酒，
红泥小火炉。
晚来天欲雪④，
能饮一杯无⑤？

 注释

① 刘十九：白居易在江州时的朋友，有说是嵩阳处士。
② 绿蚁：新酿的没过滤的米酒上的绿色泡沫，细小如蚁，故称"绿蚁"。
③ 醅（pēi）：酿造。
④ 雪：下雪。名词作动词。
⑤ 无：语气词，表疑问。相当于"么"或"吗"。

译文

　　我新酿的米酒还没有过滤，酒的表面泛起一层绿色的泡沫，香气扑鼻。红泥烧制的烫酒小火炉也已经准备好了。

　　天色阴沉，看样子晚上会有一场雪。你能否来寒舍与我共饮一杯？

冬梅

收到这样的邀约，让人不忍拒绝，也不想拒绝。想来那位刘十九读后必然将自己闪送到白府，还不忘带上二两上好的酱牛肉下酒。

西枚

请乐天居士接受我的双膝！🙏 我太喜欢这首诗了，文字至简，意蕴至深，让人欲罢不能。

白居易

文字至简，意蕴至深，才更需要一番巧思。我在诗中用到三个意象的组合来呈现意境，有没有同学看出来了？

冬梅

三个？我只找到两个：新酒、火炉。就这两个已让我对质朴的乡村生活心生向往了。

西枚

我觉得还有将至未至的雪吧？

白居易

两位同学真是好眼力。刚刚酿好的新酒还没过滤，表面的绿色泡沫泛起微光，仿佛扑鼻的酒香迎面而来。酒已备好，烫酒的小火炉里火焰正旺，屋内被暖意包裹。窗外的飞雪和暮色都有了别样风情。三个**意象组团出击**，将浪漫的氛围推到极致——哎呀，我都把自己说感动了。

包子老师

值得一提的是，屋外的寒意和火炉的炽热形成对比，诗人和朋友的情谊也显得更珍贵了。

221

白居易

在浪漫的氛围中想象着朋友来后围炉畅谈、对雪高歌的景象，真是人未饮酒已上头！总有人觉得我老白成天苦哈哈的，可人生若都是这样惬意的时刻，我才不写什么"思悠悠，恨悠悠"呢！

冬梅

我本来觉得下雪天宅在家里才是王道，可如果有香甜的美酒、温暖的火炉以及重情的朋友，多冷的天也阻挡不了我奔赴的心啊！

西枚

一个寻常冬夜却在乐天居士的笔下焕发出不同的光彩，好神奇啊！明明只是一首诗，却让人仿佛在欣赏一幅色彩缤纷的画。

包子老师

这要归功于乐天居士对**色彩的合理搭配**。微绿的新酒、红色的火炉、纷飞的白雪、苍茫的暮色，红绿相倚、黑白交错，颜色的变换中，明丽跳跃的氛围感应运而生。诗中有画，这才是独步天下的功夫。

西枚

受教了！果然是颜色的搭配容易让读者产生愉悦的情绪——古来有之！

白居易

以诗文邀约好友，在诗文外同样结识知音，我这"一日客座教授"做得也算超值了！

发现　　　　　　　　包子圈　　　　　　　···

包子老师

这节课我们一起欣赏了乐天居士的佳作，还学到了如何用意象表情达意以及文字中的色彩搭配。全诗用"能饮一杯无"的问询收束，给人以无限的深情。我已经等不及要给朋友发出一份诗意缠绵、余韵不绝的邀约了。

白居易

朋友之间最重要的就是真心、真情。写诗、写文章也是如此。把你的情感融入所见所想，一定会有不一样的收获。"一日客座教授"就此下班。多谢各位。

刘禹锡

回复白居易：我赞同乐天的观点。彼此相识相知，诗书往来，我是真真切切感受过他友情的厚重的。我这一生因为话太多，数度被贬。失意困顿之际，是乐天的安慰和鼓励给了我前行的勇气。乐天，别忘了我们也有很多把酒言欢的日子，我等你也向我发出这样文字至简、意蕴至深的邀约哟！

元稹

回复白居易：很多人说我薄情，可咱俩的组合却是美谈。你我先后被贬，四处飘零。可那又怎样？书信传情，情谊反而更坚。这样的兄弟情不必讲，毕竟"元白"友谊天下闻嘛！乐天，攒局也不要忘了我啊！

冬梅

真羡慕几位！我也想给谁发个邀约陪我聊天喝奶茶了。

西枚

回复冬梅：等你的奶茶哟！

"诗仙"源自天子口

提起"诗仙",大家肯定会脱口而出——李白。其实,李白"诗仙"的称号是后世叫的,贺知章倒是送了他一个"谪仙人"的称号。而在当世被称作"诗仙"的另有其人,就是白居易。这里不得不提白老师和唐宣宗李忱的一段故事。

白居易写了一首《杨柳枝词》:

一树春风千万枝,嫩于金色软于丝。

永丰西角荒园里,尽日无人属阿谁?

《杨柳枝词》一经发表,在教坊广为传唱,白居易声名更盛,连唐宣宗都成了他的"粉丝"。宣宗命人从这株柳树上折了两枝插在御花园,赏柳赋诗,好不快哉!长安、洛阳的权贵纷纷效仿,疯狂去荒园购买、攀折柳枝。眼看荒园的垂柳都快被薅秃了,有关部门才派兵把柳树保护起来。

846年,白居易去世。唐宣宗写了一首《吊白居易》悼念他,其中有两句:"缀玉联珠六十年,谁教冥路作诗仙。"白居易"诗仙"的称谓得到了皇家的官方认证。

数字入诗 / 虚实相映

咏雪

第29课

毒舌「怪咖」

姓　　名：郑燮（1693—1766年），字克柔
艺　　名：郑板桥
人生定位：脱口秀演员
专　　业：绘画、书法、诗词三料博士
所属社团：扬州八怪
特　　长：钟情于兰、竹、石，不画旁物
短　　板：作画、写字全凭心情
爱　　好：说段子、骂豪绅
工作经历：曾任清代两县县令
自我评价：文明有礼，从我做起，一生致力于优雅地骂人

< 发现　　　　　　　　　　包子圈　　　　　　　　　　...

 包子老师

这天儿是越来越冷了，一看节气，是大雪——难怪了！好期待今年的第一场雪！描写雪景的古诗词何其多，但我们得挑点特别的看。欢迎"难得糊涂"的郑燮老师成为今天的"一日客座教授"！

 郑燮

意不意外，惊不惊喜！包子老师居然没邀请最会写雪的岑参来，而是请了我。大家更爱叫我郑板桥，因为我常站在屋后小河上的木板桥头看风景，便以"板桥"自称。我呢，穷是穷了点儿，还算蛮有生活情趣的，诗、书、画都会一些，同学们应该是从那句**"咬定青山不放松"**知道我的吧？

袁枚

 什么叫"诗、书、画都会一些"？世称"三绝"好不好！以绘画最为杰出，且一生苦恋兰、竹、石，不画旁物，认为兰花四时不谢、竹子百节长青、石头万古不败，而自己是千秋不变之人！

金农

没错，老郑这人不仅才艺精湛，做官也很得民心！那句**"一枝一叶总关情"**是自古以来中国士大夫"乐以天下，忧以天下"的思想延伸。按说我这个"扬州八怪"之首的名头就该是他的！

允禧

老郑凭实力说话，可比本王那些只会提笼架鸟的皇亲国戚强多了，能和他成为忘年之交，是在下的荣幸！

冬梅

原来板桥老师不只有"难得糊涂"四字，是我孤陋寡闻啦！

西枚

倒要看看板桥老师是怎样咏雪的！🌹

评论　　　　　　　😊　发送

袁枚（1716—1798年），字子才，号简斋，晚年自号仓山居士、随园主人、随园老人。清朝诗人、散文家、文学批评家和美食家。著有《随园食单》。

金农（1687—1763年），字寿门、司农、吉金，号冬心先生、稽留山民、曲江外史、昔耶居士、寿道士等。书法创扁笔书体，兼有楷、隶体势，时称"漆书"。其画造型奇古，善用淡墨干笔作花卉小品，尤工画梅。"扬州八怪"之首。

好友介绍

　爱新觉罗·胤禧（1711—1758年），避雍正帝讳改名为允禧，字谦斋，号紫琼（jué）。清宗室大臣，康熙帝第二十一子，书画家、诗人。

227

咏 雪

［清］郑燮

一片两片三四片，
五六七八九十片。
千片万片无数片，
飞入梅花都不见。

译文

飘飞的雪花一片两片三四片，五六七八九十片。
成千上万数也数不清，飞入梅花丛中就消失不见。

冬梅

咦，我们不是诗词课吗？怎么有点数学课的意思？

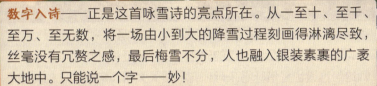

包子老师

数字入诗——正是这首咏雪诗的亮点所在。从一至十、至千、至万、至无数，将一场由小到大的降雪过程刻画得淋漓尽致，丝毫没有冗赘之感，最后梅雪不分，人也融入银装素裹的广袤大地中。只能说一个字——妙！

郑燮

我也是偷懒了，谁知呈现的效果竟也有几分新意，能得到今人的谬赞，欣喜之余也有欣慰。

西枚

我有一点不解，头两句全是数字，后两句揭示景色，完全不同性质的内容，读来却一点也不违和，这是咋回事？

包子老师

问得好！大家跟我仔细看：前面的数字其实是虚写，后面的景色变成实写。我们知道写作手法中有一种叫作**"虚实相映"**。板桥老师用的正是此法。虽说前两句像在数数，可你们不觉得念着念着就仿佛看到片片雪花在空中轻盈起舞的姿态？

冬梅

我知道了，这是在为即将出现的大雪纷飞做铺垫呢！

郑燮

这丫头聪敏得很啊！很多人初读本诗会感到被我捉弄了，可读至末句瞬间豁然开朗。我是想给大家开个玩笑呢！

西枚

好雅致的玩笑！

229

大家也不要忽略了最后一句——"飞入梅花都不见"。你们想到了什么？

冬梅

我想到王安石的那句"遥知不是雪，为有暗香来"，看似写到了雪，其实是为了凸显梅花的暗香沁人，象征其才华横溢。板桥老师这句难道也是借咏雪来咏梅花？漫天大雪飞向梅花，也掩盖不了梅花的傲然之姿。

郑燮

后生可畏啊！

包子老师

给冬梅点赞！整首诗除了布局之奇，还有一个绝妙之处，就是全文没有一个"雪"字，却让读者满目银装素裹。这正是作诗的精髓！

郑燮

谢谢包子老师和小弟子们的抬爱，隔着重重时光，也挡不住老夫这幸遇知己的心潮澎湃！

230

课后小结

 包子老师

这节课我们一起欣赏了板桥老师带来的一场奇绝雪景，还学到了**数字入诗、虚实相映**的创作手法。而**"飞入梅花都不见"**一句，又揭示了诗的主旨——借咏雪来咏梅。看来"四君子"的魅力确实所向披靡。

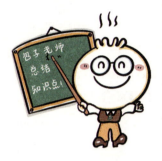

 郑燮

说到梅花，无论是画还是咏，并非本人特长，但此花是真的值得赞颂，以后小弟子们如果写作时遇到以梅花为题，如蒙不弃，还可以用我的另两句诗——**"檐流未滴梅花冻，一种清孤不等闲"**。

 包子老师

房檐的积雪未化，院落的梅花枝条仍被冰雪凝冻。这样清高坚韧的性格，不同寻常！同学们，还不快拿出本本儿记下来？😄

 冬梅

感谢板桥老师的匠心独具，也感谢老爸老妈的取名之恩。原来我的名字一点不俗气，还高雅得很呢！🌼

 西枚

又是干货满满的一节课，过瘾！

231

东施效颦的帝王之作

中国人历来崇尚文化，喜欢诗词歌赋且能践行的皇帝为数不少。乾隆帝则创下一个惊人的纪录，活了八十八岁，在位六十年，留下的诗作竟高达43630首，比《全唐诗》的作品总和还多。可惜如此海量诗作，精品寥寥，唯有一首《飞雪》让人觉得耳目一新，据说还入选了小学课本，大家来欣赏一下：

一片一片又一片，两片三片四五片。

六片七片八九片，飞入芦花都不见。

怎么样，是不是很眼熟？这几乎就是郑燮《咏雪》的山寨版。人家是"一片两片三四片"，他就"一片一片又一片"；人家是"五六七八九十片"，他就"两片三片四五片"；人家已经"千片万片无数片"了，他还在那里"六片七片八九片"；人家用一句"飞入梅花都不见"升华主旨，他也照葫芦画瓢续上"飞入芦花都不见"。据传，这句还是大臣纪晓岚帮忙收的尾。

这个故事大概率是戏说，同学们权且听后一笑。不过，"芦花"用得倒也恰如其分，芦苇之花本身洁白、姿态柔美，当漫天飞雪落入芦花丛中，可不就融为一体，全都不见了！今后写作，大家也可为我所用哟！

232

浣溪沙·一向年光有限身

旷达心境，放下悲观

第30课

北宋『锦鲤』

姓　　　名：晏殊（991—1055年），字同叔

人生定位：正国级HR（人力资源）

专　　　业：汉语言文学

文学地位：宰相词人

特　　　长：明哲保身、慧眼识人

短　　　板：暴脾气

爱　　　好：组织派对、给流行歌曲填词

工作经历：同平章事兼枢密使、刑部尚书

自我评价：我的低调，你们学不来

‹ 发现　　　　　　　　　包子圈　　　　　　　　　···

 包子老师

今天聚会，欢喜中带着一丝惆怅。好友即将移居另一个城市，大家祝她在新的天地大展拳脚，也彼此叮嘱有空儿常联络。突然闪过一句**"酒筵歌席莫辞频"**，好应景啊！同学们还记得那位七岁能文、十四岁就被荐参加御试的神童吗？有请今天的"一日客座教授"——晏殊晏大人！

 晏殊

关于宴饮一事，不同人有不同的看法。有人觉得及时行乐是一种消极心态，有人却认为活在当下才最重要。你们怎么看？

范仲淹

回复晏殊：别人怎么看我不清楚，但只要晏大人群发邀请，我必登门。晏府之宴是如假包换的亨嘉之会，顶流人物济济一堂高谈阔论，这样的头脑风暴让人很难抗拒啊！

富弼

说岳父大人是我们圈子里的"派对达人"，一点不为过。不信，你们问问韩琦、范仲淹、宋祁、欧阳修、王安石……他们哪个没参加过晏府的嘉年华！ 😋

晏几道

不是我吹牛，朝堂上一半的重臣都曾是我家常客，家父的人格魅力可见一斑。 😄

冬梅

晏大人，你们开宴之前会有走红毯环节吗？

西枚

大咖云集，晏府这边风景独好！

评论　　　　　　　　　　　　　　　　☺　发送

好友介绍

 富弼（1004—1083年），字彦国。北宋时期历经仁宗、英宗、神宗三朝的重臣，史称其公忠直亮，临事果断，功成退居，朝野倚重，有大臣之风。晏殊的女婿。

① 亨嘉之会：指优秀人物济济一堂。

235

浣溪沙·一向年光有限身

[宋] 晏殊

一向年光有限身，等闲离别易销魂，酒筵歌席莫辞频。

满目山河空念远，落花风雨更伤春，不如怜取眼前人。

注释

❶ 一向（shǎng）：一晌，片刻，一会儿。向：同"晌"。

❷ 年光：时光。　❸ 有限身：有限的生命。

❹ 等闲：无端。　❺ 销魂：极度悲伤，极度欢乐。

❻ 莫辞频：频，频繁。不要因为次数多而推辞。

❼ 怜：珍惜，怜爱。　❽ 取：语助词。

译文

　　人的生命将在有限的时间中结束，无端的离别也会让人觉得悲痛欲绝。不要因为常常离别而推辞酒宴，应当在有限的人生，对酒当歌，开怀畅饮。

　　到了登临之时，放眼辽阔河山，突然思念远方的亲友；等到风雨吹落繁花之际，才发现春天易逝，不禁更生伤春愁情。不如在酒宴上，好好怜爱眼前的人。

西枚

都说天下没有不散的筵席。晏大人为何如此钟情这种注定要分别的活动呢？

冬梅

欢聚的时候越热闹，分别的时候越伤感，晏大人，您难道不知道吗？

晏殊

有时确实参不透自己这种矛盾的心态。世人都说我少年得志，后来又做了太平宰相，坐实了"富贵闲人"四字。可谁又知道我一早便已经历生离死别：二十一岁，三弟自尽；二十二岁，发妻病逝；二十三岁，父亲去世；二十五岁，母亲去世；人到中年，续弦也病逝了……

包子老师

词中所写的并非一时所感，也非一事，而是反映了词人人生观的一个侧面：悲叹时光有限，感怀世事无常；空间和时间的距离难以逾越，美好的事物终将逝去——既如此，捶胸顿足又有何用？于是词人幡然感悟，意识到要立足当下，牢牢抓住眼前的一切。正因为他对于离别有着切肤之痛，才更珍惜眼前的片刻欢愉。

冬梅

那么下片为何话锋一转，从酒筵歌席一下子放眼辽阔河山了呢？会不会太突兀？

晏殊

下片只是换了个角度，结构上两片还是一脉相承。**"满目山河空念远，落花风雨更伤春"**是我的设想，即便登高远望，终因相隔千山万水，也只能徒然怀念远方之人，更何况眼前又遇风雨摧残繁花的凄凉景象，自然悲从心生。

237

冬梅

所以 **"不如怜取眼前人"** ——这样看来就顺理成章了。

包子老师

这便是词人协调人生短暂与时光永恒的最佳方式，与上片的 **"酒筵歌席莫辞频"** 相呼应，提出了一种自我解脱的生活主张。晏大人属于那种靠才华逆天改命的榜样，他珍惜来之不易的阶级跃迁，当然不会陷入漫无边际的杞人忧天，这种多愁善感多是天性所致，但经过长期的为官生涯，内心沉淀出了越来越多的理性，纵然有难以排解的惆怅，落脚点还是关注当下，**放下悲观**。

西枚

与其追忆那些不可挽回的旧日欢乐，不如好好享受正在拥有的幸福。很多人见晏大人一生顺遂，就觉得他写这些伤春悲秋之词是无病呻吟，着实是误会了他。这才是一种 **旷达明快** 的胸襟。

晏殊

感谢同学们的理解。像我这样劝人"贪欢"的，在那个年代确实不多见，也不怪人家误会。我只是想告诉大家，人生无常，坦然迎接就好，大可不必庸人自扰。既然伤感不可避免，那就得快乐时且快乐吧！

课后小结

包子老师

这节课我们重新认识了晏大人笔下的"及时行乐",这看似消极颓废的人生观其实饱含了生活沉淀后的通透。时空不可逾越,消逝的事物不可复得,但心情却是自己的,如果悲喜都改变不了结局,为何不快乐一点呢?

富弼

快去读岳父大人的另一首《浣溪沙》。小婿最爱的一句便是**"无可奈何花落去,似曾相识燕归来"**。本来还为落花黯然呢,结果看到春燕归来,发现竟是老朋友呢!把生命残酷和美好的两面都写尽,心情也就平复了。

晏几道

家父的情绪一直都很稳定,这种稳定有时看起来甚至有点冷淡。实际上,他是一个外冷内热之人。我建议大家去读读他的《珠玉词》,就知道他老人家的情商有多高了。😊

范仲淹

回复**晏几道**:晏大人的高情商,我最有发言权。想当初,我还在南京应天府守孝。他听闻我颇有才名,也不做背景调查就欣然邀请我到应天书院执掌教席,还向陛下举荐我。这样的知遇之恩,希文没齿难忘。🌹

西枚

我觉得晏大人就是一名精致的矛盾主义者。这样纠结的主题换别人来写,必定满篇患得患失,可他就有这个本事把原本矫情的心绪写得柳暗花明。

冬梅

一个"躺赢"之人还能对众生怀有悲悯之情,世间难得!

老实人的福气

都说"伴君如伴虎",但这句话对晏殊不适用。

据《宋史·晏殊传》,宋真宗特别信任晏殊,每每有事想要咨询他的意见,就事先用蝇头小楷写在小纸片上,交给晏殊。晏殊不仅认真作答,还把之前真宗的纸片和他的回复粘到一起,密封后交与真宗。言外之意:此事天知地知,你知我知。这么贴心的办事员,真宗对晏殊更是青眼有加。

晏殊何德何能,竟能赢得帝王的格外厚待呢?答案就是实话实说。

晏殊是名副其实的神童,十四岁就被推荐参加殿试。谁知他扫了一眼题目,便举手发言:"这题十天前我就做过了,请换一个吧!不然显得不够公平,有舞弊之嫌。"这种坦诚直率一下子就击中了宋真宗的心。后来,真宗要让晏殊做太子之师,众臣不服。真宗自有一番道理:众官员都在游山玩水,只有晏殊在家和众兄弟闭门读书,这样好学自重之人正是太师之选。接着,真宗津津乐道地对晏殊提起这事,晏殊却说:"我怎么不喜欢出游?实在是囊中羞涩啊,如果我有钱,一定也去玩。"这话说得朴实恳切又充满幽默感,真宗听后更器重晏殊了。

附 录

众所周知，引用、化用古诗文是提升作文文采的捷径之一。除本书收录的三十首诗词外，包子老师从各位作者的其他作品中挑选若干适合同学们写作文采用的名句，并注明出处和写作适用场景，供同学们参考。

祝你们妙笔生花！

韩愈

草树知春不久归，百般红紫斗芳菲。

——《晚春》

写作适用场景：描绘暮春景色。

知音者诚希，念子不能别。

——《知音者诚希》

写作适用场景：与朋友离别，赞颂友谊。

口衔山石细，心望海波平。

——《学诸进士作精卫衔石填海》

写作适用场景：对执着追求理想的鼓励。

欧阳修

游人不管春将老，来往亭前踏落花。

——《丰乐亭游春·其三》

写作适用场景：春游类主题。

把酒祝东风，且共从容。

——《浪淘沙·把酒祝东风》

写作适用场景：珍惜美好时光。

人生聚散长如此，相见且欢娱。

——《圣无忧·世路风波险》

写作适用场景：珍惜与朋友相聚的时刻。

王维

空山新雨后，天气晚来秋。

——《山居秋暝》

写作适用场景：雨后秋景。

劝君更尽一杯酒，西出阳关无故人。

——《送元二使安西》

写作适用场景：描写与友人的离别之情。

行到水穷处，坐看云起时。

——《终南别业》

写作适用场景：描写顺应自然、随遇而安的心态。

曾巩

乱条犹未变初黄，倚得东风势便狂。

——《咏柳》

写作适用场景：讽刺邪恶势力。

朱楼四面钩疏箔，卧看千山急雨来。

——《西楼》

写作适用场景：力求向上、有所作为的气度。

一尊风月身无事，千里耕桑岁有秋。

——《凝香斋》

写作适用场景：人心安定，悠然自得。

243

李白

仰天大笑出门去，我辈岂是蓬蒿人。

——《南陵别儿童入京》

写作适用场景：表现远大抱负。

长风破浪会有时，直挂云帆济沧海。

——《行路难·其一》

写作适用场景：对未来充满信心，对理想执着追求。

安能摧眉折腰事权贵，使我不得开心颜！

——《梦游天姥吟留别》

写作适用场景：蔑视权贵、不卑不屈的精神。

苏轼

粗缯大布裹生涯，腹有诗书气自华。

——《和董传留别》

写作适用场景：读书求知可以培养人高尚的品格和高雅的气质。

一点浩然气，千里快哉风。

——《水调歌头·黄州快哉亭赠张偓佺》

写作适用场景：心中有正气和节操，身处逆境却泰然处之。

竹杖芒鞋轻胜马，谁怕？一蓑烟雨任平生。

——《定风波·莫听穿林打叶声》

写作适用场景：泰然自若、旷达超脱的性情。

秦观

春路雨添花，花动一山春色。

——《好事近·梦中作》

写作适用场景：描写春景。

一夕轻雷落万丝，霁光浮瓦碧参差。

——《春日五首·其二》

写作适用场景：雨后初晴的春日场景。

可堪孤馆闭春寒，杜鹃声里斜阳暮。

——《踏莎行·郴州旅舍》

写作适用场景：远离故土的思乡场景。

杨万里

风力掀天浪打头，只须一笑不须愁。

——《闷歌行十二首·其一》

写作适用场景：不畏困难，乐观的心态。

交情得似山溪渡，不管风波去又来。

——《三江小渡》

写作适用场景：珍视友谊。

政缘在野有幽色，肯为无人减妙香。

——《野菊》

写作适用场景：坚持自我。

245

李清照

物是人非事事休，欲语泪先流。

——《武陵春·春晚》

写作适用场景：物是人非的苦闷情绪。

九万里风鹏正举。风休住，蓬舟吹取三山去！

——《渔家傲·天接云涛连晓雾》

写作适用场景：渴望自由。

何须浅碧深红色，自是花中第一流。

——《鹧鸪天·桂花》

写作适用场景：坚守自我。

韦庄

春水碧于天，画船听雨眠。

——《菩萨蛮·人人尽说江南好》

写作适用场景：描写春景。

乡书不可寄，秋雁又南回。

——《章台夜思》

写作适用场景：怀人思乡之情。

但见时光流似箭，岂知天道曲如弓。

——《关河道中》

写作适用场景：平常心的心态。

黄庭坚

桃李春风一杯酒，江湖夜雨十年灯。

——《寄黄几复》

写作适用场景：怀念友人。

雷惊天地龙蛇蛰，雨足郊原草木柔。

——《清明》

写作适用场景：描写清明时节景象。

若有人知春去处，唤取归来同住。

——《清平乐·春归何处》

写作适用场景：对春天的喜爱。

杜甫

露从今夜白，月是故乡明。

——《月夜忆舍弟》

写作适用场景：对故乡的思念。

江碧鸟逾白，山青花欲燃。

——《绝句二首·其二》

写作适用场景：描写春天的景物。

会当凌绝顶，一览众山小。

——《望岳》

写作适用场景：敢于攀登绝顶的雄心。

刘禹锡

自古逢秋悲寂寥，我言秋日胜春朝。

——《秋词二首·其一》

写作适用场景：描写秋天的美好。

莫道桑榆晚，为霞尚满天。

——《酬乐天咏老见示》

写作适用场景：珍惜时间的积极态度。

千淘万漉虽辛苦，吹尽狂沙始到金。

——《浪淘沙·其八》

写作适用场景：坚持不懈的精神。

韦应物

浮云一别后，流水十年间。

——《淮上喜会梁州故人》

写作适用场景：重逢感叹时光飞逝。

相送情无限，沾襟比散丝。

——《赋得暮雨送李胄》

写作适用场景：对友人的不舍。

故园眇何处，归思方悠哉。

——《闻雁》

写作适用场景：思乡之情。

贺知章

莫言春度芳菲尽，别有中流采芰荷。

——《相和歌辞·采莲曲》

写作适用场景：对四季自然美景的热爱。

杯中不觉老，林下更逢春。

——《春兴》

写作适用场景：对春天、生命的赞颂。

故乡杳无际，明发怀朋从。

——《晓发》

写作适用场景：思乡之情。

杏花村 杜牧

古往今来只如此，牛山何必独霑衣。

——《九日齐山登高》

写作适用场景：把握当下时光。

六朝文物草连空，天淡云闲今古同。

——《题宣州开元寺水阁》

写作适用场景：古今联想，抒发感慨。

远梦归侵晓，家书到隔年。

——《旅宿》

写作适用场景：羁旅之情。

王安石

纵被春风吹作雪，绝胜南陌碾成尘。

——《北陂杏花》

写作适用场景：高洁的品性之美。

浓绿万枝红一点，动人春色不须多。

——《咏石榴花》

写作适用场景：春景描写，恰到好处的哲理。

不畏浮云遮望眼，自缘身在最高层。

——《登飞来峰》

写作适用场景：坚定的信念。

范仲淹

宁鸣而死，不默而生。

——《灵乌赋》

写作适用场景：刚正不阿的崇高气节。

迥与众流异，发源高更孤。下山犹直在，到海得清无。

——《瀑布》

写作适用场景：清正廉洁、不同流合污的品性。

年年今夜，月华如练，长是人千里。

——《御街行·秋日怀旧》

写作适用场景：思念的愁绪。

柳宗元

但愿清商复为假，拔去万累云间翔。

——《笼鹰词》

写作适用场景：对自由的向往。

问春从此去，几日到秦原。凭寄还乡梦，殷勤入故园。

——《零陵早春》

写作适用场景：思乡之情。

天秋日正中，水碧无尘埃。

——《湘口馆潇湘二水所会》

写作适用场景：描写秋景。

朱熹

少年易老学难成，一寸光阴不可轻。

——《劝学诗》

写作适用场景：珍惜时光。

未觉池塘春草梦，阶前梧叶已秋声。

——《劝学诗》

写作适用场景：珍惜光阴；描写秋景。

郁郁层峦夹岸青，春山绿水去无声。

——《水口行舟二首·其二》

写作适用场景：描写春景。

251

元稹

闲坐悲君亦自悲，百年都是几多时。

——《遣悲怀三首·其三》

写作适用场景：人生短暂的感叹。

明朝又向江头别，月落潮平是去时。

——《重赠》

写作适用场景：与友人离别时的惋惜、惆怅。

言语巧偷鹦鹉舌，文章分得凤凰毛。

——《寄赠薛涛》

写作适用场景：对文采的赞颂。

张九龄

相知无远近，万里尚为邻。

——《送韦城李少府》

写作适用场景：与友人分别的不舍；对友谊的赞颂。

宿昔青云志，蹉跎白发年。

——《照镜见白发》

写作适用场景：心未了、年已老的普遍情感描写。

念归林叶换，愁坐露华生。

——《西江夜行》

写作适用场景：思乡之情。

王昌龄

黄沙百战穿金甲，不破楼兰终不还。

——《从军行七首·其四》

写作适用场景：戍边将士的壮志，歌颂时代精神。

送君归去愁不尽，又惜空度凉风天。

——《送狄宗亨》

写作适用场景：对友人的惜别之情。

黄尘足今古，白骨乱蓬蒿。

——《塞下曲四首·其二》

写作适用场景：描绘战争的残酷。

元好问

人生百年有几，念良辰美景，休放虚过。

——《骤雨打新荷·绿叶阴浓》

写作适用场景：人生短暂，珍惜时光。

三十六峰长剑在，星斗气，郁峥嵘。

——《江城子·醉来长袖舞鸡鸣》

写作适用场景：赞颂磊落胸怀和报国壮志。

纵横正有凌云笔，俯仰随人亦可怜。

——《论诗三十首·二十一》

写作适用场景：不要随波逐流，要抒发真性情。

253

辛弃疾

我见青山多妩媚，料青山见我应如是。

——《贺新郎·甚矣吾衰矣》

写作适用场景：表现高洁之志。

东风夜放花千树，更吹落、星如雨。

——《青玉案·元夕》

写作适用场景：元宵佳节的描写。

千古风流今在此，万里功名莫放休。

——《破阵子·掷地刘郎玉斗》

写作适用场景：鼓励奋斗，建功立业。

高适

故乡今夜思千里，霜鬓明朝又一年。

——《除夜作》

写作适用场景：游子思乡之情。

借问梅花何处落，风吹一夜满关山。

——《塞上听吹笛》

写作适用场景：思乡之情。

相看白刃血纷纷，死节从来岂顾勋！

——《燕歌行·并序》

写作适用场景：描写时代中视死如归的精神。

陆游

位卑未敢忘忧国，事定犹须待阖棺。

——《病起书怀》

写作适用场景：忧国忧民的爱国情怀。

壮心未与年俱老，死去犹能作鬼雄。

——《书愤二首·其一》

写作适用场景：对满怀壮志的赞赏。

人生自在常如此，何事能妨笑口开？

——《杂感》

写作适用场景：豁达、乐观的人生态度。

白居易

令公桃李满天下，何用堂前更种花

——《奉和令公绿野堂种花》

写作适用场景：赞扬老师桃李满天下。

老来多健忘，唯不忘相思。

——《偶作寄朗之》

写作适用场景：相思之情。

共看明月应垂泪，一夜乡心五处同。

——《望月有感》

写作适用场景：思乡之情。

255

郑燮

千磨万击还坚劲，任尔东西南北风。
——《竹石》

写作适用场景：描写高风傲骨。

我自不开花，免撩蜂与蝶。
——《竹》

写作适用场景：对清高脱俗的品格的赞扬。

非无脚下浮云闹，来不相知去不留。
——《题画兰》

写作适用场景：淡泊名利、豁达超脱的品质。

晏殊

天涯地角有穷时，只有相思无尽处。
——《玉楼春·春恨》

写作适用场景：人生离别相思之苦。

无情不似多情苦。一寸还成千万缕。
——《玉楼春·春恨》

写作适用场景：描写离愁。

春风不解禁杨花，蒙蒙乱扑行人面。
——《踏莎行·小径红稀》

写作适用场景：描绘暮春景色。